Bajo el fuego de EL GUAYACAL

PARTE II

Miguel Esteban González

Bajo el fuego de El Guayacal Parte II

ISBN 978-9962-12-233-3

Literatura Panameña

Segunda Edición: Septiembre 2016
Miguel Esteban González

Editor literario: **Ariel Barría Alvarado**
Fotografía y diseño de portada: **Javier Alejandro**
Modelo de portada: **Daniel Gallimore**
Fotografía del autor: **Alcides Moreno**
Corrección de Estilo: **Martha Brumas de González**
Diseño gráfico y diagramación: **Lourdes Jaramillo**

Edición Amazon

Dedicado a mis padres:
Miguel González Carrasco y Raquel Rivera de González.

Escrito está:

"...y resurgirán de las profundidades del averno, quienes lleven su signo. El fuego emergerá y el reino del infierno ocupará el lugar donde la niebla una vez se esparció. Ya no habrá refugio para profetas, ni para los hijos del que llaman el Dios Supremo. Predominarán las llamas eternas de Luzbel, y todos rendirán pleitesía ante su presencia".

Profecía de los guay-yakis

1
LA LLAMADA

Autopista Central de Marciagas, a
413 kilómetros de El Guayacal,
12 de abril de 2000
20:37 horas

Mientras conducía su camioneta Chevy del 99, Peter, el director general de New Horizons Books, la editorial más renombrada de Marciagas, no dejaba de pensar en lo que le revelara minutos antes a Bernardo, durante la conversación en el café. Intentaba descifrar, en su mente revuelta, el testimonio del custodio del hospital psiquiátrico y, mucho más, lo que escribiera su primo en las páginas del diario.

Y qué decir de las hojas que fueron arrancadas de manera inexplicable, haciendo mucho más difícil encontrarle sentido a los hechos descritos por el desaparecido Alan Sambrano.

Por casi dos horas, Peter condujo sin detenerse sobre la desierta carretera asfaltada. Cada kilómetro que avanzaba parecía interminable. Sus ojos, hechizados ante la resplandeciente luz al final de la autopista, no pestañeaban en lo absoluto. Era como si un poder oscuro y sibilino lo atrajera.

El agotamiento del viaje lo hizo cabecear frente al volante, provocando una reacción de pánico que lo llevó a dar un giro impensado a su automóvil, llevándolo hacia un renegrido y pedregoso camino.

Frenó el auto, respiró hondo y trató de poner sus ideas en orden. Afuera, una nube de danzantes insectos revoloteaban frente a las luces delanteras, interrumpiendo la vista de Peter, quien intentaba encontrar algún punto límite al final del horizonte.

La oscuridad impedía ver la fluorescente palidez de sus propias manos. Bajó del auto y buscó a tientas su linterna en el portaequipajes.

A través de un angosto sendero, cobijado por las sombras de la noche, Peter avanzó. Un olor a madera podrida provocaba en él cierta repugnancia. Algo buscaba. Se le notaba agitado durante la pesquisa, como un perro de caza tras su presa. Solo faltaba que olfateara a ras del herbazal.

Después de unos minutos, creyó haber pisado un objeto metálico. Alumbró bajo la suela de sus zapatos. Era uno de esos anuncios verdes con letras blancas que, a orillas de las carreteras, indican al viajero el nombre de los pueblos. Gran parte del metal estaba oxidado, pero aun así, se dejaba leer: "Bienvenidos a…"

Antes de terminar de leer el aviso lo soltó de manera súbita, como si un clavo caliente hubiese quemado sus manos. Prosiguió su búsqueda. Algo sólido que sobresalió del suelo interrumpió su rastreo por segunda vez. Un inusitado escalofrío empezó a peregrinar sobre él, encrespando cada milímetro de su cuerpo.

Esa extraña sensación encendió la alarma de sus sentidos. Estaba seguro de haber llegado al sitio que buscaba. Orientó la luz de su linterna hacia el suelo. Sus pies se hallaban posados sobre una lápida arropada por el pastizal. Se inclinó sobre la losa saliente y la despejó un poco. Algo muy pequeño y espinoso empezó a caminar sobre su brazo. Sus rápidos re lejos le hicieron estrujar al extraño insecto con la linterna. Un siniestro crujido lo convenció de lanzar al bicho lejos, sin averiguar de qué se trataba. Volvió a iluminar hacia el suelo y se enfocó en lo que estaba grabado sobre la lápida.

Con sus dedos debió remover el barro adherido a las letras de la tumba. Con seguridad, el nombre de quien hubiese sido sepultado en el sitio.

Una repentina brisa sacudió la corbata de Peter, haciendo que le acariciara la barba. Del bolsillo trasero del pantalón sacó su pañuelo, apresurando la limpieza del enigmático hallazgo. Así pudo ver con claridad el nombre.

—¡Santo Dios!

De la profundidad de la fosa, fracturando la superficie de barro y cemento que cubría el sepulcro, emergieron dos manos esqueléticas que atenazaron los brazos de Peter, tratando de arrastrarlo hasta la fosa abierta.

Forcejeó con desesperación, hasta zafarse. Pero entonces descubrió con horror que escapar de allí no iba a ser posible. Sobre su hombro alcanzó a ver la imagen de un hombre abrigado de oscuridad, cuyos ojos refulgían como dos luciérnagas remachadas sobre su rostro.

La aparición expelía un calor infernal que le provocó llagas sobre su espalda. Cuando pudo voltearse por completo para estar frente a frente con aquella amenaza, le resultó imposible distinguirle el rostro. En cambio, notó cómo dos enormes alas sobresalían de la parte posterior de sus hombros, flameando como palmeras sacudidas por un huracán. Los destellos de la luna llena delineaban su corpulenta figura, coronada por dos cuernos arqueados que surgían de sus sienes.

Un largo látigo de fuego emergió de las manos del espectro, para flagelar el pecho de Peter, quien se desplomó sobre el herbazal, mordido por el dolor que le provocaban las terribles quemaduras.

El atronador grito de desesperación cortó de manera abrupta la lacerante experiencia, a medida que el aire se iba llenando de un repiqueteo armonioso que obligó a desaparecer al siniestro personaje. Abrió y cerró los ojos tan rápido como pudo.

La alarma de su celular, que reposaba sobre la mesilla junto a sú cama, timbró con insistencia. Eran las 10:30 de la noche, hora de tomarse la píldora para controlar su desenfrenada ansiedad.

Allí estaba Pedro Javier Robledo Sambrano, Peter, de treinta y seis años, tembloroso, despertando de otra de sus terribles pesadillas.

Sofocado, respiraba con dificultad. El jadeo era intenso. Pequeñas gotas de sudor jugueteaban por su frente antes de llegar a sus resecos y agrietados labios provocándole con su salitre un ligero ardor. Pasó su lengua sobre la boca procurando alivio.

Al deglutir la viscosa saliva, en su garganta se disipó tan rápido como si atravesara el recalentado radiador de un viejo auto.

Un extraño movimiento dirigió su atención hacia la ventana. Era la sombra de un gato, cuya silueta se estiró sobre la pared con el reflejo de la luna. El efecto de aquella presencia felina, apabullaba su mente. La lastimaba.

El pánico lo obligaba a sacar la pequeña Biblia atada a un rosario que siempre conservaba debajo de la almohada, al igual que el inseparable diario de su primo Alan.

—El miedo corroe mi paz, Alan —dijo en voz alta esperando ser escuchado, quizás por el silencio.

Caviloso, Peter sintió asfixiarse ante el *bullying* que le causaban sus recuerdos. Se arropó de pies a cabeza, enconchado debajo de su acogedor edredón, como un caracol oculto dentro de la espiral que lo cobija, incapaz de batirse a duelo con la oscuridad de su habitación y las sombras de su pasado.

Luego de varias horas sin poder conciliar el sueño, tomó su celular y oprimió un número de contacto.

Repicó varias veces antes de que contestaran su llamada.

—Anayka, hola, soy yo, Peter. Disculpa la hora, pero, ¿podemos hablar? —todo lo dijo con un susurro inquieto.

Era evidente que continuaba perturbado. La visión que apareció en su pesadilla aún se hallaba fresca en su memoria.

Al otro lado, su hermana Anayka, con voz adormilada, dejó escapar un leve bostezo al escucharlo.

—Hola, Peter. Estaba tratando de dormir. Tomé unas pastillas para mi alergia y me tiene tumbada.

—Disculpa, no quería fastidiarte a estas horas.

—No te preocupes. ¿Qué ocurre esta vez? No me digas que volvió a aparecer en tus pesadillas el hombre de fuego con el látigo. ¿Tuviste otro de tus sueños "premonitorios"?

Era evidente el sarcasmo de Anayka.

—Sí, pero no es para eso mi llamada. Es sobre Alan.

—¿Alan? ¿Ya lo encontraron? ¡Dime que encontraron a Alan, dímelo!

El desasosiego de Anayka se notó en su voz, como si se contagiara de la agitación de su hermano Peter.

—No, Anayka, aún no. Nada nuevo ha podido decirme el hospital. Tú sabes cómo son estos procesos.

—Entonces, ¿pasa algo contigo?

—Sí, tiene que ver conmigo también. Ya no puedo más con esto. Tenemos que hablar de lo que ya sabes. De aquel lugar…

Anayka colgó de inmediato. No le dio oportunidad de explicar la razón de su llamada. Estaba claro que no aceptaba hablar del tema.

Peter no volvió a llamarla. La esquiva conducta de su hermana era notoria. Conversar sobre el sitio que una vez fue para ambos, incluso para Alan, el mundo de ensueños y fantasías veraniegas, ahora era prohibido.

Peter apretó el teléfono móvil estrujándolo contra su pecho.

—No te imaginas lo que hemos tenido que pasar Anayka y yo, Alan —volvió a conectarse consigo mismo—. Demasiada confusión hay en nuestras vidas.

Peter solía confesarse con su conciencia cada noche, hasta el amanecer, como una manera de enfrentarse a ese sentimiento de culpabilidad.

Todos estos años él ha mantenido una vida solitaria, turbada. Se trata de un comportamiento que se vio obligado a tomar, a causa de su enrevesado universo plagado de conflictos personales, dudas y memorias imprecisas. Eran muchas las piezas en el rompecabezas de su pasado que aún no lograban armarse en su mente.

2
LA APARICIÓN

13 de abril de 2000,
ciudad de Marciagas

A la mañana siguiente, después de haber recibido la llamada de Peter, Anayka se ejercitó unos minutos en la caminadora eléctrica dentro de su apartamento, ubicado en el centro de la ciudad de Marciagas. Eran las cinco de la mañana.

A sus cuarenta y un años, Anayka trataba de mantener su cuerpo en buena forma. El ejercicio la liberaba de su agitada agenda diaria como profesora de Historia Antigua en la reconocida universidad privada Marcus Palisandro, en la misma ciudad.

Mientras se preparaba para darse una ducha, sonó su teléfono móvil. El nombre de Peter titilaba en la pantalla. Al darse cuenta de quién se trataba, lo puso a un lado y lo dejó timbrar hasta el final.

Sumergió su ejercitado cuerpo hasta el cuello en la bañera rociada con sales aromáticas. Cerró los ojos mientras recogía su larga cabellera, dejando al descubierto unos hombros pecosos y tersos.

Salió de la tina, tapizando su cuerpo desnudo con la bata de baño. Se acercó al lavabo y en el espejo se examinó el rostro procurando percibir el estreno de una nueva arruga, que insistían en aparecer, a pesar de las finas cremas que usaba para contrarrestarlas.

Tomó el cepillo de dientes, colocó dentífrico sobre las cerdas y alzó la cabeza. En ese instante notó que el espejo estaba totalmente oscuro. Era imposible reflejarse en él. Casi de inmediato, la lámina de cristal cayó al piso, y entre los fragmentos de vidrio comenzó a alzarse una niebla sombría.

Extensos tentáculos de nubosidad tiñeron la quietud que reinó en la habitación hasta pocos segundos antes. Desconcertada, Anayka dio unos pasos hacia atrás. El eco de una siniestra carcajada golpeó las paredes, rebotando de un lado a otro. Ella siguió retrocediendo, sin percatarse de la tina que estaba a sus espaldas. Fue inútil su intento de evitar la caída; como último recurso se aferró a la cortina que cubría la bañera, pero esta cedió con un ruido metálico.

Anayka sintió que se ahogaba. En su desesperación, logró sacar la cabeza del fondo, pero la tela impermeable de la cortina se adhería a su cuerpo y a su rostro. Con dificultad alcanzó a tomar aire y en ese instante vio frente a ella la confusa imagen de una anciana.

En efecto, la sombra dejaba ver una forma de mujer enfundada en un luctuoso traje que llegaba hasta el piso de mármol. Sobre su cabeza, un chal de encajes ocultaba parte de su rostro. Para Anayka, esa figura siniestra no era desconocida.

Sofocada, logró incorporarse de la tina. Ahora la sombra tenía forma más definida. Era una mujer encorvada, pálida y tenebrosa, que avanzaba con pasos lentos, apoyada de un viejo y retorcido bastón de madera. Se detuvo.

Anayka, aún dentro de la tina, aspirando aire con dificultad, la miró con ira.

—¡Déjame en paz! ¡Vete! ¡No quiero saber nada de ti!

—¿Estás segura, Anayka? ¿En verdad no deseas verme?

Anayka escuchaba cada palabra que salía de los lívidos y cuarteados labios de la mujer espectral.

—Sé que pretendes borrar tus recuerdos y los de Peter. Pero esa no es una tarea fácil —de la boca senil y fantasmal emergía lo que podía ser una sonrisa.

—¡Ya basta! ¡Lárgate! ¡Estás muerta!

—¡Ay! Eso es lo que siempre dices —la sonrisa ahora se abrió hasta ser una carcajada macabra—. ¡Pero bien sabes quién ayudó a Alan a salir de ese mugriento lugar! ¿Verdad que sí?

—¡No trates de confundirme! ¡Él huyó de su tormentoso pasado! ¡Estoy harta de que me digas lo mismo todo el tiempo!

—¿Por qué te niegas a creer que Alan fue liberado de las mugrientas paredes de ese hospital? ¡Alguien lo quería afuera! ¡Y lo sabes!

—¡No sé de qué me hablas! ¡Lárgate te digo!

La anciana se acercó más hacia Anayka. Sus pupilas se oscurecieron.

—¿Te das cuenta, mi pequeña Any? ¡Aún vivo en tu mente! ¿Quieres un sorbo de mi chocolate? —la perversa carcajada abarcó la habitación.

—¡Vete! ¡Y no me digas Any! ¡Ya no soy tu pequeña!

Con la carcajada de la sombra, una especie de temblor estremeció las paredes del baño, haciendo que de las repisas cayeran objetos, que se reventaron sobre el piso, provocando gran estrépito. Las manos de Anayka intentaban cubrir sus oídos, mientras sacudía su cabeza empapada.

—¡No me volverás loca! ¡No entrarás en mi mente!

—¿A qué le temes, Anayka? ¿A que descubran la verdad sobre ti y averigüen quién eres en realidad?

La mujer musitaba sus ruines amenazas muy cerca del rostro de Anayka, mientras sus dedos afilados procuraban apartar las manos con las que se cubría los oídos.

—¿Me escuchas mejor, Any?

—¡Suéltame!

—Tienes que encontrar a Alan. Es la única forma de liberarte del pasado que te exprime —su boca expelía un aliento blancuzco y helado al hablar.

—¿De qué pasado hablas? ¡Todo está muy claro en el diario!

—No, Anayka, no. ¡Y lo sabes! Hay muchos secretos por descubrir aún en ese pueblo. Alan fue en busca de ellos. Lo que parece ignorar es que si *él quiere encontrar respuestas de su presente, primero debe enfrentar los fantasmas de su pasado.* Es hora de que termines lo que empezaste Anayka… termina tu misión. ¿Me estás oyendo? ¡Termina tu misión!

El eco de estas últimas palabras se filtraba en los oídos de Anayka, alojando la información donde menos deseaba... en su mente.

Alrededor de su empapado cuerpo, se desvanecía la perversa estela negra.

—¡Déjame en paz, maldita!

Anayka, desnuda dentro de la tina de baño, despertó al tiempo que gritaba la expresión injuriosa.

Aturdida, se pasó las manos sobre el rostro. Otra vez sus horrendas pesadillas le jugaban una mala pasada.

3
EL AULA

13 de abril de 2000,
Universidad Marcus Palisandro,
ciudad de Marciagas

El gran auditorio de la Universidad Marcus Palisandro, donde la profesora Anayka Robledo Sambrano impartía sus clases de Historia Antigua, estaba a media capacidad. Su cátedra era de las menos concurridas en la Facultad de Historia. Una serie de perniciosos comentarios de sus colegas, incluso de sus propios estudiantes, ensombrecían la reputación de la experimentada docente.

Se hablaba de que ella no socializaba con nadie del centro universitario y que era rígida al impartir sus clases. Pero, más que todo, comentaban sobre los ataques de ira, que no pocas veces le sucedieron dentro del salón de profesores.

—¿Alguien tiene preguntas sobre los obras o autores de la comedia griega? —consultó a sus estudiantes.

Todos guardaron silencio, algunos mirándose de reojo entre sí.

—Créanme que, en sus tumbas, Crates y Cratino deben estar tan emocionados como ustedes —comentó como para sí, dejando escapar una sarcástica sonrisa.

—¡Yo sí tengo una pregunta, profesora Robledo!

Una voz al final del salón la interrumpió en el instante en que cerraba su computadora portátil.

—A ver, dígame —buscó con la mirada la fuente de esa voz, hasta ubicar a una joven que se levantaba gradualmente de su asiento.

Tendría unos veinte años, vestía un largo traje gris y llevaba una corona de flores sobre su cabellera. Pero lo más notable en ella era la larga cuerda colgante, atada alrededor del cuello.

—¡Devuélveme lo que me pertenece! ¿Por qué siempre mientes sobre El Guayacal?

Anayka abrió los ojos con fuerza, sin poder dar crédito a la visión; sus piernas flaquearon. Silente, se sostuvo del pupitre para no desmayarse.

—¿Quién eres? ¿Cómo te llamas? —preguntó con voz quebradiza.

—¿Es que el tiempo ha borrado tu pasado?

La sala oscureció, como si un ente invisible hubiera bajado el interruptor. Solo se mantenían iluminados los cuerpos de la joven y de la profesora. Una densa niebla gélida cubrió el salón; la temperatura bajó tanto que todo parecía haberse congelado por completo.

Los estudiantes estaban petrificados en sus asientos, pálidos, como abrigados por la muerte. Anayka tiritaba, procurando cubrirse con su gabán marrón.

La aparición hablaba con voz engolada, aterradora.

—¿Dónde la escondes? ¡Dime, Anayka! ¿Dónde?

Se aceleró la respiración de la profesora. Los latidos de su corazón disminuyeron y el aliento se entrecortó, como si algo presionara su pecho.

—No sé… de qué hablas… —le costaba hablar.

—Sí lo sabes. Muy pronto llegará tu hora. ¡Maldita ladrona! —respondió la imagen espectral, mientras se evaporaba entre la atmósfera glacial.

—¡No te vayas! Dime… ¿quién diablos eres?

La pregunta salió en forma de humo blanco expelido de sus helados labios.

—¡Profesora! ¡Profesora! ¿Se encuentra usted bien?

Anayka se recobró de su trance al escuchar la voz de uno de sus estudiantes, que la sacudía con desesperación.

—¡Profesora! ¿Se siente bien?

Miró alrededor. Ni rastros del espectro, ni de la niebla, ni del frío. Tosió dos veces.

—Descuide, joven Thomas. No es nada. La clase ha terminado, es suficiente por hoy.

Apenas estuvo afuera del aula, corrió como loca por los pasillos, tropezando con cada estudiante o colega que encontraba en su camino. El taconeo de sus zapatos producía un eco ensordecedor que se colaba al interior de las aulas. En esta ocasión nadie se extrañó por la actitud de la docente; ya resultaban normales esos arrebatos.

Su carrera no se detuvo hasta llegar al estacionamiento de la Facultad. Pensaba hallar refugio en su auto; pero alguien muy elegante la esperaba recostado al vehículo.

Era su hermano Peter.

Se detuvo, recobró la compostura e intentó evadirlo para llegar a la puerta del auto, pero sus nervios le impedían actuar con precisión. No encontraba las llaves dentro del maletín.

—Insisto en que tenemos que hablar, Anayka.

Como si su hermano fuera invisible, ella siguió buscando las llaves.

—¡No trates de ignorarme, y escúchame! —exigió Peter, colocándose frente al auto.

—Anayka, sigo teniendo pesadillas sobre ese lugar, todo el tiempo. Son muchas las noches en que no he podido pegar los ojos desde que Alan escapó de ese infernal psiquiátrico, y eso ha empeorado después de que leímos su diario.

Anayka sentía que ya era imposible esconder la tortura que la agobiaba. Los mensajes recibidos de la mujer de sus pesadillas llegaban como flashes a su mente. Le devolvió a Peter una mirada sin fondo.

—¿Infernal? ¿Es que teníamos otra opción, Peter?

—Después de haber leído el diario, una y otra vez, me culpo por no creer en él.

—Peter, ambos sabemos muy bien la razón por la cual lo recluimos en ese hospital. ¡Estaba loco! ¿No entiendes? ¡Loco! Ahora hablas de creerle…

Peter guardó silencio.

Era claro el remordimiento que corroía la profundidad de su conciencia. Ahora era Anayka la que lo hostigaba.

—¿Por qué callas? ¿No querías hablarme del asunto? ¿De las locuras de Alan? ¿No es eso lo que te trajo aquí, Peter? ¿No pretendías seguir fastidiándome con esas estúpidas fantasías? Explícame, ¿podíamos creerle?

La dominante personalidad de Anayka sobresalía aún después de más de veinticinco años. Peter se mostraba intimidado, indefenso, ante los escarnios que disparaba su hermana a través del cañón de su boca.

—¿Qué, Peter? ¿Volviste a orinar tus pantaloncillos como siempre? ¿Quieres que mamá salga de su tumba para limpiarte el…? —frenó su pregunta. Prefirió no caer más bajo.

—Sigues siendo mordaz, hermana. Me doy cuenta de que la soledad no te sensibiliza ni en lo más mínimo.

—No me vengas ahora con análisis sobre mi vida, ¡tengo mucho apuro!

Vencido, Peter hizo un gesto afable procurando ignorar el incómodo encuentro.

—Perdona mi necedad, mis intenciones de hablar contigo. La verdad es que no quería presionarte, Any.

—¿Any? ¿Desde cuándo no me llamabas así.

—Alan y yo te decíamos Any cuando estabas molesta y queríamos calmar tu rabia. Pero fue a la abuela Ágatha a quien primero escuché decirte así, ¿lo recuerdas?

Anayka sonrió. Peter daba por sentado que, a pesar de los años, era capaz de mitigar los enojos de su hermana.

—Claro que lo recuerdo Peter, ¡cómo olvidarlo!

En segundos, la pesadumbre retornó al rostro de Anayka, desplazando su malestar.

—Peter, ¿por qué te obsesionas tanto con encontrar respuestas en ese diario? Son simples tonterías escritas por él. Tú sabes cómo funcionaba su mente desde pequeño. Estaba llena de personajes oscuros inspirados en los relatos de nuestra abuela Ágatha. Tú y yo lo conocíamos muy bien. Siempre estaba fantaseando. Tú también lo hiciste un tiempo con Peter Pan. Solo que no te dejaste atrapar por esas fantasías. Él no pudo lograrlo… y eso lo llevó a la locura.

—¿Y nuestras pesadillas? ¿Vas a decirme que son fantasías? —insistió Peter.

Anayka se abstuvo a responder, pero su silencio parecía darle la razón a su hermano.

Aún esquiva, intentó abrir la puerta del auto, pero la mano de Peter lo impidió.

—¡Tenemos que buscar a Alan, Anayka! ¡No podemos abandonarlo otra vez!

—¿Vas a dejarme entrar o no? Tengo que irme. Hablaremos otro día.

Peter retiró la mano de la manija de la puerta. Anayka entró y encendió el motor. Avanzó unos metros y, aún dentro del estacionamiento, se detuvo.

Peter la vio salir del vehículo y regresar hasta él, con los ojos anegados en lágrimas. Se fundieron en un abrazo.

—Peter, tú eres el único que entiende lo que he sufrido, desde antes de leer ese tonto diario de Alan. Y sí, hay algo que me estrangula y me persigue todo el tiempo. Desde…

—¿Desde cuando regresamos del pueblo? Entonces, hay que terminar con esto de raíz, Anayka. Creo que es tiempo de liberarnos de esa sombra que nos impide alcanzar la felicidad.

—Es fácil decirlo. Pero la realidad es otra, hermano. Jamás escaparemos de este encierro. La soledad nos mantiene como rehenes.

—¡Alan puede ayudarnos, Anayka! ¡Tenemos que buscarlo nosotros mismos!

Luego de permanecer cabizbaja unos segundos, Anayka levantó el rostro con un brillo cándido en su mirada.

—Tienes razón. Él puede darnos muchas respuestas. Hay que encontrarlo. Y creo saber dónde puede estar.

A Peter lo sorprendieron las palabras que salían de la boca de su hermana.

—¿De qué hablas, Anayka?

—Pienso que podríamos iniciar nuestra búsqueda en…

—Espera, no me digas que…

—Sí, Peter, en El Guayacal. Nuestro primo tuvo que haber regresado al lugar donde nadie lo buscaría.

—No creo que estés hablando en serio.

—¿Qué podríamos perder? ¿Estás dispuesto? —ahora ella mantenía sus manos atadas a las de Peter.

—No me agrada para nada la idea, pero…

—¿Tienes miedo?

—Miedo no, pero…

—¿Por qué temerle a un mundo que supuestamente solo existe en la mente de Alan? ¿No crees?

—No sé. Estoy tan confundido con todo esto de su desaparición. No creo que sea buena idea regresar. Podemos empezar contratando un detective privado o algo así. A lo mejor, Alan está aquí mismo en la ciudad.

Anayka se empeñaba en convencerlo. Luego de rechazar la idea durante tanto tiempo, ahora intentaba lograr que ambos hicieran el viaje.

—Peter, confía en mis presentimientos. Algo me dice que Alan espera por nosotros. Allí… Tú mismo lo has dicho. No podemos abandonarlo otra vez.

—No me cuadra tu cambio de parecer tan radical.

—Porque quiero acabar con todo esto.

—Está bien. Voy a confiar en tus instintos, hermana. Iremos a El Guayacal. ¿Pero cuándo? Ambos tenemos responsabilidades aquí.

—Puede ser durante el feriado de la otra semana. Habrá unos días libres por Semana Santa.

—Bien. Todo sea por encontrar a Alan. Han pasado seis meses sin saber nada de él. Ya el hospital ha desistido de su búsqueda. Nadie quiere ayudarnos.

A pesar de haber accedido a la propuesta de su hermana, Peter aún tenía ciertas interrogantes sobre el viaje.

—Pensándolo bien, llegar hasta El Guayacal es hoy algo complicado.

—¿Por qué lo dices?

—Supe que las lluvias por allá han sido continuas, a pesar de que no es invierno. El camino que conocemos es ahora puro fango. Será imposible entrar en auto.

—Entonces volaremos hasta Arreiras y luego cruzaremos por mar hacia El Guayacal.

—¿Volar hasta Arreiras? Estamos a cuatrocientos y tantos kilómetros de esa isla. Y sabes bien lo que pienso de estas aerolíneas internas. No sé. Y además, no es seguro que Alan esté allí.

—No te entiendo. Tú fuiste el de la idea de buscarlo, pero ahora buscas todas las excusas posibles para no hacerlo. ¿Por qué te cuesta tanto creer en mi corazonada?

Él, reflexivo, ahora no lograba tomar una decisión final. Anayka intentó ser un poco más persuasiva. Puso sus manos sobre las mejillas de Peter.

—Hermano, se trata de nuestro primo, nuestra propia sangre. Así esté loco, esquizofrénico, demente o como le llamemos, es hora de que hagamos algo más por él. Sé que soy testaruda a veces, pero dame una oportunidad. Confía en mí. Tú mismo abriste mis ojos. Estoy segura de que Alan está en el mismo lugar donde encontró refugio hace quince años.

—De acuerdo. Te acompañaré. Pero, ¿cuánto tiempo crees que estaremos allá?

Anayka sujetó el rosario que pendía del cuello de Peter, y lo sostuvo entre sus dedos.

—El tiempo que Dios disponga. Pero tenemos que estar preparados para cualquier cosa.

—Me preocupas, hermana. Hablas como si fuéramos a un viaje sin retorno.

—No hay por qué temer. Solo tengo el presentimiento de que nuestro regreso a ese pueblo cambiará por completo el destino de ambos… y el de Alan.

4
LA SESIÓN

Clínica Psiquiátrica del Dr. Marcos Villaverde C.
Ciudad Salinas,
a 300 kilómetros de El Guayacal, 1973

—Bienvenido, Alan. Sé que estás un poco nervioso por ser nuestro primer encuentro, pero relájate. Solo tendremos una amena charla. Yo te hago una serie de preguntas y tú tranquilamente contestas, ¿te parece?

Alan Sambrano, de doce años, tenía su primera cita con el doctor Marcos Villaverde, psiquiatra, viejo amigo de su madre y uno de los mejores peritos de la ciudad.

La intimidante mirada del especialista podía verse a través de sus anteojos "culo de botella".

Recostado al sillón de cuero negro, dentro del poco iluminado consultorio, Alan observaba temeroso cómo el extraño analista revisaba sus notas mientras frotaba sus bigotes "Dalí" constantemente. Eso también impacientaba al pequeño. Tampoco entendía por qué las luces eran tan tenues.

—¿Sabes por qué te ha traído tu madre?

Mientras el Dr. Villaverde continuaba indagando al tímido y cabizbajo Alan, iba ojeando el expediente con sus gruesos anteojos.

—¿No me escuchaste, Alan? ¿Sabes por qué estás aquí?

—La verdad no, señor.

—Señor no: Dr. Villaverde. ¿No ves lo que dicen todos los cuadros que cuelgan sobre estas paredes?

Alan se mantuvo en silencio por varios segundos mientras, meticuloso, veía los títulos que recubrían gran parte del consultorio. Llamó su atención la inicial del segundo apellido. En todos sus diplomas decía "Dr. Marcos Villaverde C."; esa última letra la enfocaba muy bien su globo ocular. Durante su inspección visual descubrió una botella de whisky a medio terminar, disimulada entre un libro y otro, en el inmenso librero que estaba frente a él.

El arrogante psiquiatra, al notar que se estancaba la sesión, interrumpió el mutismo desenredando sus piernas que siempre mantenía cruzadas.

—Muy bien, Alan. Hagamos algo mucho mejor para agilizar esto. Voy a cerrar este expediente con las anotaciones que tu madre me ha contado, y quiero que seas tú quien me diga qué ha estado ocurriendo en estas últimas semanas.

—La verdad, no sé cómo empezar, *Dr. Villaverde C.*

—No te preocupes por la "C", solo dime Dr. Villaverde. Ahora bien, si no sabes cómo empezar, te voy a ayudar.

Villaverde tomó con violencia el brazo izquierdo del pequeño. A él se le conocía por tener métodos poco ortodoxos con sus pacientes; sin embargo, a pesar de sus extrañas técnicas, todos elogiaban su trabajo.

—¿Recuerdas a alguien que te haya sujetado el brazo de esta forma, Alan?

El niño logró zafar sus manos y las recogió sobre el pecho.

—¿Desconfías de mí, pequeño? Tienes que entender que de ahora en adelante seré tu mejor confidente. Para eso somos los psiquiatras. Nos convertimos como en los mejores amigos de nuestros pacientes. Vamos, Alan, ¿le vas a temer al Dr. Villaverde? ¿No quieres que sea… *tu amigo*?

Cauteloso, Alan despegó las manos de su pecho. Era obvio que no podía ver en aquel sujeto a un buen amigo, pero entendía que no podría librarse de él con facilidad.

—Está bien, doctor. Le contaré.

—Así está mejor. Soy todo oídos… *amigo.*

Dos horas después de que Alan entrara al consultorio, su madre, la señora Dorothy Alzamora, hacía notar su impaciencia con el movimiento incesante de su pierna izquierda.

Dentro, el niño continuaba narrando la experiencia vivida en la cabaña. En todo ese tiempo, el especialista no dejó de mostrar en su rostro la sensación de que estaba frente a un embustero de doce años, narrador de disparates.

—Así que, viste todo a través de los ojos de un gato negro, durante el relato de la "apestosa" anciana. Qué interesante, joven Alan, y aterrador, por supuesto. Dime, ¿y aún se te aparecen algunos de esos personajes?

—Sí, Dr. Villaverde, muchas noches. Sobre todo en mi cuarto… después de que mi madre apaga la luz.

—Como ves, este consultorio está prácticamente en penumbras, como tu cuarto. Lo iluminé de esa forma para ti. Sabes, me aterra la "oscuridad". ¿Puedes ver alguno aquí dentro, Alan?

—Sí, Dr. Villaverde —susurró el pequeño.

La sonrisa sarcástica del diplomado doctor, se borró al escuchar la respuesta de Alan.

—¿Ah sí? Y… ¿qué ves? —preguntó, levantando una ceja.

—A Hipólita —se inclinó hacia el especialista y bajó la voz hasta convertirla en un susurro tenue—. Colgada detrás de usted, doctor.

—¿Igual que aquel Viernes Santo?

—Sí, Dr. Villaverde… como aquel día.

Y no mentía. El cuerpo colgante, atado por una cuerda al abanico del consultorio, estaba allí, columpiándose muy cerca de la cabeza del incisivo analista.

—¿La ves con tus ojos? ¿O en tu mente?

—Allí está, sobre usted, doctor. Sin ojos, los que fueron arrancados por los cuervos. ¿Lo recuerda?

—Claro, Alan. ¿Cómo olvidar ese "macabro" pasaje que me contaste? —respondió, volviendo a levantar su ceja derecha, casi sin poder disimular un gesto de hilaridad.

A pesar de que el doctor no tomaba en serio su relato, Alan no despegaba la mirada de la horrenda imagen colgada del abanico.

—¿Aún está allí? ¿Arriba de mí?

Como respondiendo, la lámpara que iluminaba el recinto empezó a titilar hasta apagarse por completo.

—Ahora sí estamos en total oscuridad, Alan.

—¿Así que le teme a la oscuridad, Dr. Villaverde?

—Más temo a no encontrar la bombilla que siempre guardo en este cajón. ¡Aquí está!

Los atentos oídos de Alan, en la negrura, amplificaban el sonido que hacía el Dr. Villaverde mientras enroscaba la nueva bombilla.

—¡Y se hizo la luz!

—¿No tuvo miedo, doctor?

—En lo absoluto. ¿Sabes por qué?

El extraño psiquiatra sacó dos bolígrafos del bolsillo interior de su elegante saco negro con rayas grises. Los cruzó uno sobre otro, formando una cruz.

—Porque tengo conmigo la cruz de Verceo! ¡Ja, ja, ja!

Alan mostró incomodidad ante la burla.

—Perdóname. No es normal que haga esto con mis pacientes. Disculpa. Ya con esto hemos terminado nuestra primera sesión. Puedes regresar con tu madre.

Paciente y doctor salieron juntos del despacho, sin pronunciar una sola palabra. El niño apuró los pasos hasta llegar donde su madre.

—¿Qué tal te fue, hijo?

—¿Puedes pasar unos minutos, Dorothy?

—Claro, Marcos, ya voy.

La mujer abrazó a su callado hijo y le habló al oído.

—No te preocupes, Alan. Solo demoro un minuto con él y nos vamos, ¿te parece? Espera aquí, junto a tus primos.

Alan la miró a los ojos con cierto temor y a la vez ternura, aceptando la petición. Ella entró mientras él se acomodaba al lado de Peter y Anayka en la salita de espera.

—¿Es verdad lo que dice tía Dorothy de ti, Alan?

—No lo molestes, Peter, ¡ya déjalo en paz! Te la pasas fastidiándolo todo el tiempo.

El pequeño paciente psiquiátrico se mantuvo imperturbable.

—¡No me grites, Anayka! Solo quería saber cómo le había ido con el "psico-loco".

—¡Que lo dejes en paz! Crece de una vez, ¡por Dios!

—Mira quién habla, la *her-ma-ni-ta* mayor.

—¡Ya cállense los dos!

Enérgico, Alan interrumpió la tonta discusión. Tanto así que Peter se quedó estático al ver la violenta actitud de su retraído primo.

—Shhhh, ¡con los tres! ¿No saben leer? Allí dice: "Hable en voz baja" —ordenó una joven que asomó su boca a través del orificio de la ventanilla que decía "Caja".

A esa orden sí le hicieron caso de inmediato. Pero, pasados unos segundos, continuaron su discusión. Esta vez en susurros.

—¡Los dos son una partida de mentirosos! Por su culpa estoy aquí. ¡Ustedes saben lo que vimos en aquella cabaña! ¿Por qué lo negaron?

—Alan, no sé de dónde sacaste esa estupidez. Ni Peter ni yo te hemos acompañado a esa cabaña.

—Anayka tiene razón. Lo último que hicimos en esas vacaciones fue ir a la quebrada.

—¿Ven lo que está ocurriendo? ¡Me están trayendo a un doctor de locos! ¡Digan la verdad, por favor! Mi mamá y la abuela Ágatha creen que estoy fumando cosas raras. Por favor, no me pueden hacer esto. ¡Somos primos!

—Lo siento, Alan. No podemos contar algo que nunca existió. Como dice Peter, lanzarnos de esa gran roca en aquella quebrada, es todo lo que recordamos.

—¡Mentirosos! ¡Son unos malditos mentirosos! —gritó, levantándose de la silla—. Del flojo de Peter lo puedo esperar, pero de ti, Anayka, dizque la más seria de todos, no lo puedo creer.

—¡Ya basta, Alan! ¡Vinimos a esta clínica porque mi tía Dorothy nos obligó a acompañarte! ¡Y no soy ningún flojo!

—¡Cálmate, Peter! Le diremos a tía Dorothy que nos deje en nuestra casa. No queremos volver a verte, Alan. ¡No es justo que nos trates así!

—¿Entonces, en verdad creen todo lo que han dicho de mí? ¿Que soy un chiflado? Si es así, ¡los dos se pueden ir para la…!

—¡Alan, qué pasa! ¡Esas no son formas de tratar a tus primos!

La señora Dorothy intervino en la discusión de los tres, en el preciso momento que salía de conversar con su amigo Marcos Villaverde. Estaba totalmente airada por lo que estaba presenciando.

—Es mejor que les pidas disculpas. ¡Y de inmediato!

—¡No lo haré, mamá! ¡No lo haré jamás! ¡Yo estoy seguro de lo que vi en El Guayacal! ¡Y ellos también!

—¡No me avergüences frente a todos, Alan! ¡Y discúlpate de una vez!

Anayka y Peter, aterrados, observaban la exaltada actitud de su primo.

El Dr. Villaverde trató de calmar a Alan, al ver que la señora Dorothy parecía a punto de sufrir un colapso nervioso.

—Obedece a tu madre, Alan. Haz lo que te dice.

—¡No estoy loco! ¡No estoy looooco! —gritó Alan mientras corría hasta la puerta de salida de la clínica. Su madre fue tras él.

—Hijo, ¿qué haces? ¡Regresa!

El muchacho logró llegar hasta la calle. Trató de cruzar los cuatro carriles sin cuidarse de los autos. Estaba frenético.

—¡Alan, hijo, por favor detente!

El conductor de un camión maderero no se percató de que el joven cruzaba frente a él. Era don Maximino Alandra quien conducía aquel furgón repleto de troncos rumbo al aserradero de los hermanos Molina. Con setenta años de edad, sus escasos re lejos le impidieron maniobrar adecuadamente y perdió el control. La señora Dorothy vio cómo su hijo, ajeno al peligro, alcanzaba el otro extremo de la avenida. Ella no corrió la misma suerte. El parachoques del pesado camión la golpeó tan fuerte, que la arrastró varios metros más adelante.

El tráfico se detuvo. El tiempo mismo pareció congelarse en ese instante. Una veintena de curiosos impedía al desesperado Alan colocarse junto al cuerpo de su madre, inmóvil y sangrante sobre el hirviente asfalto.

Alguien tomó al pequeño del brazo. Era una mano gélida. Él vio el rostro de quien lo sujetaba. Doña Cheba.

Los párpados de Alan, desarropaban sus ojos tan rápido, que parecieran haber visto al mismo diablo.

—Te congela, ¿verdad, Alan?

—¡Suélteme!

En un abrir y cerrar de ojos, la imagen cambió de rostro. Todo ocurría tan rápido que no le dio tiempo para comprender si la aparición fue real o fue producto de sus nervios.

—¡Alan, soy yo!

—¡Dr. Villaverde! ¡Quiero ver a mi madre!

—No, Alan, no puedes. ¡Ven conmigo, muchacho!

—¡Noooo! ¡Quiero ver a mi madreeeeee!

5
EL REGRESO

19 de abril de 2000,
Sanatorio Municipal La Santísima,
Isla Arreiras

—Me da mucho gusto volver a tenerlos aquí, en Arreiras —el obeso director Sergio Margallón hizo un ademán cordial para que Peter y Anayka ingresaran a su oficina—. Confieso que me sorprendió su llamada.

—Lo sé —contestó Peter mientras se acomodaba en la silla—. Ha pasado medio año desde la desaparición de nuestro primo, Alan Sambrano y…

—Ustedes creen que aún puede estar con vida, ¿cierto?

—Exacto. Somos los familiares más allegados que tiene. En realidad, los únicos. Mi hermana tiene el presentimiento de que puede estar oculto en el pueblo, al otro lado de esta isla.

—¿En El Guayacal? —preguntó el voluminoso directivo del sanatorio, reclinándose mejor en su asiento, del que se desprendían desagradables chirridos con cada movimiento.

—Sí, El Guayacal —aseguró Peter.

Anayka se mantenía callada, observando cada movimiento de Margallón.

—Me disculpa, señor Sambrano, eso es imposible. Hemos requisado por seis meses cada rincón en Arreiras y dentro de ese pueblo. No hay nada más que investigar allí.

Incluso dimos el aviso a la ciudad de Marciagas y lugares aledaños a El Guayacal.

—Pero tal vez alguno de los pueblerinos pueda darnos una pista —insistió Peter.

—¿Pueblerinos? En ese lugar muy pocos quieren hablar hoy. Después de los crímenes que se han dado en ese lugar, muchos temen hablar con extraños.

—¿Crímenes? ¿Cuándo? —interrumpió Anayka, intranquila.

El director se levantó, con mucha dificultad por su sobrepeso, y abrió uno de los cajones de un viejo archivador de metal. Del interior sustrajo un portafolio copado de informes y recortes de periódicos viejos y descoloridos.

—¿Ven estos titulares? —mostró Margallón, señalando con su regordete dedo índice—. Como leen, extraños crímenes se han venido dando en El Guayacal y lugares cercanos. Todos los nombres son de personas que fueron asesinadas de una manera salvaje. Parece que este tipo de noticias de pueblos apartados no llegan a la ciudad de Marciagas.

—Yo supe de esos casos. Pero entiendo que fue capturado el asesino —afirmó Peter.

—¡Gracias a Dios, sí! En un principio resultó difícil hallar huellas del criminal. Solo una que otra pista. Pero por varios años, un trabajo en conjunto entre el corregidor de El Guayacal, investigadores asignados a esos casos y los hombres del Mayor Molina, capturaron al homicida. Se confesó culpable de todas las muertes. Ahora está tras las rejas pagando su condena en la penitenciaría de aquí mismo en Arreiras. El Mayor Molina lo quería tener muy cerca.

Mientras el director hacía la breve reseña de la captura del asesino, Peter empezó a inquietarse. Intercambió miradas con su hermana.

—¿El criminal era de aquí? —indagó Anayka.

—Damián Braca se llama. Sí, nativo de El Guayacal. Un asesino en serie que solo cometía sus atroces crímenes en Viernes Santo. Macabro, ¿verdad?

Peter abrió su camisa hasta el segundo botón. La conversación empezaba a acalorarlo.

—Veo que tiene algunas fotografías dentro del informe. No entiendo por qué las conserva.

Margallón se incomodó ante la inesperada interrogante de Peter.

—La verdad, no somos una entidad policial, pero el Mayor Molina nos hace llegar este tipo de información. Usted sabe, alguna de las víctimas pudo haber sido uno de nuestros pacientes "desaparecidos".

—¿Me permite verlas?

—Lo siento. Nos tienen prohibido mostrarlas. Son archivos muy confidenciales.

Peter no se mostró muy convencido ante la justificación del director.

—Pero, ¿qué tipo de criminal era este? —preguntó Anayka.

—Como les dije, era un asesino serial. Muchos en El Guayacal creían que podía ser obra de un ser demoníaco. Pero las marcas dejadas en las víctimas, siempre me parecieron las de un demente sin escrúpulos.

—¿Marcas? ¿Qué marcas?

Peter vuelve a sorprender a Margallón.

—Son detalles confidenciales de la investigación de este caso. No puedo revelar más.

—Por favor, Peter, ya es suficiente información la que nos ha proporcionado el señor.

—Tiene razón. Disculpe mi imprudencia.

—Pierda cuidado, señor Pedro, comprendo su inquietud por este hecho.

—Solo una última pregunta, ¿qué sintieron los lugareños de El Guayacal cuando se anunció la captura de este criminal?

—En ese tipo de pueblos apartados, muchos aún creen en antiguas leyendas. Este lugar tiene gente que asegura que los hechos están relacionados con brujería y esa clase de historias.

—Sé de qué habla, señor Margallón —sonrió Anayka—. Esas historias nos las contaba nuestra abuela Ágatha. Siempre me parecieron tan absurdas... Pero volviendo al caso que nos atañe, en resumen, ¿nos dice que es imposible que alguien pueda darnos información sobre nuestro primo?

—Dudo mucho que lo hagan. Y aquí, en la isla Arreiras, tampoco se encontraron rastros del señor Alan Sambrano. Casualmente, la administración estaba a punto de enviarles un correo con los últimos informes sobre el paradero de su primo.

—Pero, ¡lo único que nos han dicho todos estos meses es que Alan posiblemente haya muerto! —replicó Peter.

—No quiero ser pesimista, pero muchos en esta isla están plenamente seguros que su primo pudo haberse ahogado en el mar tratando de escapar de Arreiras. Y todo apunta a esa versión.

—¡Eso no lo creo! —reclamó nuevamente Peter, levantándose de su asiento.

Los labios de Anayka se sellaron por un momento.

—Quisiera ayudarlos, pero no está en mis manos poder brindarles todo el apoyo que necesitan. Realizar nuevamente una inspección con mi personal a El Guayacal, demandaría tiempo y recursos con los que no contamos.

Ambos hermanos volvieron a mirarse uno al otro, deduciendo que el obeso director del sanatorio estaba dando por cerrado el caso de Alan.

—Ustedes saben, señores, que deben solicitar ciertos permisos con el corregidor. Son procedimientos burocráticos, de mucho papeleo. Además, inicia Semana Santa y Arreiras se toma muy en serio estas fechas. Si van, irán bajo su propio riesgo —advirtió.

Peter quedó pasmado ante la sugerencia del director.

—No entiendo a qué se refiere.

—Les recomiendo ir como simples turistas, preguntan por su primo en el pueblo y salen de dudas. Pero lo que les pueda ocurrir en ese lugar, está fuera de nuestra responsabilidad —insistió en la advertencia, mientras se rascaba su prominente abdomen.

—¿Solos? ¿En ese lugar? —preguntó encolerizado Peter.

—No se exalte, señor Robledo. Como les dije, nos tomamos muy en serio la Semana Santa. Toda Arreiras descansa por estos días para… digamos que reflexionar y estar en paz con Dios —argumentó, aún con su sarcástica sonrisa—. En esta isla nos apegamos mucho a las leyes cristianas.

—Presiento que, para usted, la desaparición de mi primo no es importante, ¿verdad? —reclamó Peter.

—Cálmate —interrumpió Anayka—. Está bien, tendremos en cuenta sus recomendaciones.

—¡Qué estupidez estás diciendo, Anayka! No quiero que te arriesgues en ese lugar sin que alguien te brinde seguridad.

—¿La seguridad de su hermana, o la suya señor Robledo? Lo veo más preocupado a usted que a ella.

—¡Qué trata de insinuar, gordo de mier.…! —interpeló desafiante Peter.

—¡Te dije que te calmaras, Peter! —ordenó Anayka agarrando con fuerza a su hermano.

—Es mejor que tome esto con calma, señor Robledo. La violencia no le devolverá a su primo. Además, el peligro en ese lugar ya desapareció. El criminal está a buen recaudo. No hay nada que temer.

—Está bien —dijo Anayka—. Si esta es la única manera para saber algo más de nuestro primo Alan, tomaremos el riesgo.

—Me encanta su osadía. Por cierto, ¿aún se mantiene soltera? —galanteó el director.

—Esa es información confidencial, no podemos compartirla con cualquiera —ahora Peter ensayaba a devolver el sarcasmo.

—No se hable más. Mañana será un gran día para ustedes. Disculpen… ¿ya tienen dónde hospedarse esta noche?

—Sí. Estamos alojados en el hotel Camelias —Anayka procuraba apaciguar la calurosa discusión entre ellos.

—Pues bien, bienvenidos nuevamente a la isla Arreiras. Espero que logren saber algo más de su primo desaparecido. Los acompaño hasta la salida.

—No es necesario —objetó, fastidiado por la actitud arrogante del director del sanatorio.

—Muchas gracias, conocemos la salida —dijo Anayka.

Peter quedó extrañado por el desapego que el director del hospital le había tomado al caso de la desaparición de Alan.

Al salir, justo antes de abordar el taxi que los esperaba, un hombre muy alto, corpulento, de cabello largo y tez oscura, los detuvo.

—¡No tomen ese taxi!

—Señor, ¿quién es usted? ¿Por qué dice eso? —Anayka estaba muy molesta por la intromisión del grandulón.

—Me llamo Kelso Braca —contestó categórico, torciendo su mirada hacia Peter—. ¿No le dice nada mi apellido, señor Robledo?

—¿Lo conoces, Peter?

—La verdad, no. ¡Y ese es nuestro taxi! —exigió Peter.

El enigmático nativo de cabello largo se dirigió hacia la ventana del conductor, y le entregó unos billetes, mientras le decía algo con familiaridad.

—Toma, Leonidas. Yo continúo esta carrera. Gracias.

—Como digas, Kelso. ¿Vas esta tarde a El Cruce?

La respuesta se la dio con un movimiento de manos que debía tener algún sentido para el otro, que arrancó el auto riendo de buena gana. Anayka y Peter quedaron absortos ante la extraña situación.

—¿Qué cree que está haciendo? —interpeló, Anayka.

—No hablemos aquí. Los llevaré en mi taxi hasta su hotel. El servicio será una cortesía de mi parte.

—Pero... —iba a reclamar Peter.

—No hay tiempo para explicaciones. Vámonos de inmediato. No quiero que los de este hospital de locos se den cuenta de que se van conmigo.

—¡Un momento! Señor Barca o Braca, ¡como se llame! —Peter seguía receloso ante el ofrecimiento—. ¿De dónde carajos salió? ¡Voy a llamar de inmediato a una autoridad!

—¡No lo haga, por favor! Escúcheme: sé lo que buscan y puedo ayudarlos.

—¿Cómo lo sabe? ¿Y cómo sabe quién soy?

—¿No le dice nada el apellido Braca?

—Un segundo… —Peter hurgó en los recovecos de su memoria—. ¡Braca! ¡Kendo Braca! ¡Claro! Usted es familia del custodio del hospital que vio por última vez a Alan.

—Kendo Braca era mi padre. Yo estuve esa noche cuando usted lo interrogaba sobre el incidente de…

—La niebla. Sí, lo recuerdo —concluyó Peter.

Anayka no salía del asombro por la revelación que ocurría ante ella.

—Sé a quién buscan. Me ofrezco a colaborar con ustedes para lo que necesiten —afirmó Kelso.

—¿Cómo sabe a qué venimos? —indagó, Anayka.

—Mi padre, antes de morir, siempre decía que algún día ustedes regresarían por su primo, Alan Sambrano.

—¿Tu padre supo algo más sobre él? —Peter, tomó a Kelso por el brazo.

—Él evitaba recordar esa experiencia. Murió de un paro cardíaco. Gracias a Dios, porque así no vio cuando condenaron a mi hermano. No lo hubiera soportado.

—¿Condenaran a tu hermano? ¿Qué hizo?

—Señor Sambrano, insisto. Conversemos camino a su hotel.

Sentados en la parte trasera del taxi, Anayka y Peter seguían intrigados por lo que les declaraba Kelso. La conversación se hizo más reveladora durante el estropeado trayecto hacia El Camelias. Las deterioradas y angostas calles de la isla Arreiras, estremecían cada pieza del destartalado Datsun del 79.

—¿Qué fue lo que ocurrió con tu hermano, Kelso? —preguntó Peter, teniendo más confianza en el desconocido.

—¿Damián? Fue acusado injustamente por los crímenes que se dieron en El Guayacal y en el pantano Changüira —y al decir esto miraba a ambos hermanos por el torcido retrovisor.

Anayka puso su mano sobre el brazo de Peter, con evidente nerviosismo. Aún no estaba convencida de compartir su viaje con el gigantón, y menos ahora cuando conocía sus antecedentes familiares. Peter le apretó la mano procurando darle confianza.

—¿Es que no escuchaste? ¡Es hermano del asesino!

Kelso detuvo su auto con brusquedad, en medio de la carretera. Miró, a través de la parte menos cuarteada del retrovisor, a los hermanos Robledo quienes estaban sorprendidos ante esa conducta.

—¡Mi hermano no es ningún asesino, señora! ¡Él es inocente de todos esos crímenes!

—Tranquilo, Kelso. Comprende, lo que sabemos es lo que nos contó Margallón.

—¡Margallón es un puerco repulsivo! —gritó mientras removía, con un paño, la capa de polvo que recubría el espejo—. Él, al igual que el Mayor Molina, quería encontrar un culpable. El corregidor Broce los presionó de alguna forma. Necesitaban tranquilizar al pueblo. ¡Desconfíen de esos hombres!

—Tómalo con calma, Kelso, y cuéntanos qué ocurrió.

—Una noche, mi hermano se encontró con el cuerpo de una de las víctimas muy cerca del pantano Changüira. Lo capturaron cuando estaba parado al lado del cadáver.

Todo parecía una trampa montada por la gente de Molina. Lo culparon injustamente. No tuvo derecho a una defensa. El que estuviera en el lugar, junto al cuerpo, fue la prueba en su contra, al igual que un testigo que estoy seguro de que fue comprado para inculparlo.

—¿Cómo estás tan seguro de su inocencia? —preguntó Peter.

—Damián sería incapaz de cometer tales asesinatos. Podía ser un bebedor empedernido y caminar ebrio por los campos, pero no es un criminal. Aunque muchos de aquí en Arreiras no crean en las leyendas antiguas de El Guayacal, estoy seguro que algo oscuro y maligno está detrás de estas muertes. No mi hermano.

—¿De qué "algo" habla? —consultó Anayka.

—De Hipólita Carvelo Santos. ¡Ella es la asesina!

Anayka torció los ojos, incrédula ante la conjetura.

—Margallón nos contó que en El Guayacal hay quienes creen que algo maligno tiene que ver con los crímenes —recordó Peter.

—¡Margallón no sabe nada! El Mayor Molina y sus hombres, nunca han tomado en serio nuestros testimonios. Las consecuencias que están por venir, serán atroces.

—¿A qué consecuencias te refieres? —insistió Peter.

—Cada Viernes Santo, el espíritu de Hipólita Santos toma las almas de los pueblerinos que no aceptan a Dios en su corazón. Estos se convierten en siervos del infierno. Las víctimas quedan marcadas con el sello del diablo. Se espera que en la luna llena del Viernes Santo del nuevo milenio, se cumplirá la profecía que predijeron los guay-yakis. Desde sus tumbas, los cuerpos se levantarán bajo las órdenes del Ángel del infierno.

—No es que no quiera creer en lo que nos dices. Incluso Alan lo contó en su diario. Lo que no concuerda con el relato es que hablas de un sello del diablo —afirmó Peter.

—¿A qué marcas se refiere, señor Kelso? —intervino Anayka, desconfiando aún.

—Las que tenían las víctimas en sus espaldas.

—Margallón se negó a enseñarnos las fotos de los muertos. ¿Cuál era ese sello?

—Tenía la forma de una cruz. ¡Una gran cruz, pero invertida! —confirmó—. Como la que estuvo mucho tiempo en la tumba de esa mujer.

—Un momento, Kelso. Quiero entender algo —indicó Peter—. ¿Quieres decir que Hipólita solo asesina el Viernes Santo? Pero según lo descrito por Alan, esa supuesta maldición del pueblo había desaparecido con la muerte de la hechicera Murgabia.

—¡Es tan absurda esa historia! —exclamó Anayka, tratando de reír—. No le encuentro ningún sentido.

—El espíritu de Hipólita Carvelo se refugió dentro de una extraña muñeca, y su maldición no pudo romperse.

—No entiendo cómo usted puede tener tanta información sobre esos relatos, Kelso.

—No son relatos, señora. Son hechos reales que han sido contados por el padre Peregrino. Y él no miente. Un legendario nativo de El Guayacal, antes de su muerte, le reveló todos los secretos que envuelven la maldición de Hipólita y muchos otros acontecimientos.

—¿Cómo su espíritu puede cobrar vida? —insistió Anayka.

—A través de quien mantenga la muñeca en su poder.

—En el diario, Alan habló de una niña llamada Esther —recordó Peter—. Ella había encontrado esa muñeca.

—Muchos han visto a una misteriosa mujer cruzar de Arreiras hacia el otro lado del mar, en un extraño bote tripulado por seres oscuros. Sus *guías de la muerte*. La travesía la hace horas antes de que caiga el amanecer del Viernes Santo.

—Es la que tiene la muñeca, obviamente —interrumpió Anayka de forma mordaz.

—Así es, señora. Algunos la llaman la "mujer del manto", el cual usa para ocultar su identidad. Cuentan que ella posee la muñeca desde hace tiempo. Hipólita le ordena ir a El Guayacal, el pueblo que la condenó hace setenta años, para seguir cumpliendo su venganza de asesinar. A la medianoche del Viernes Santo, el espíritu maligno escapa de esa muñeca y se apropia del cuerpo de quien la libera. En ese momento ocurren los crímenes. Antes del amanecer del Sábado de Gloria, su espíritu vuelve a ser huésped de aquel espantajo de trapo.

—Ahora recuerdo que Alan solo reveló cuando Esther encontró la muñeca y gritó el nombre de Hipólita. Esa es la razón por la que no aparece aquella parte de la historia en el diario.

—Señor Pedro, hay tantas cosas que él y muchos desconocen. La llegada de un nuevo milenio ha despertado el pasado maldito de ese lugar. Algo peor ocurrirá. Así como ocurrió hace cientos de años en la gran batalla del Ángel. La niebla de la hechicera Murgabia fue solo el comienzo.

—¿Qué podría estar preparándose para este Viernes Santo? —preguntó Anayka, aún sin poder contener su risa.

—Hay un plan mucho más perverso. Algo más que la simple venganza de Hipólita. Ella está armando un ejército de esclavos para su padre, Lavernus, uno de los demonios más poderosos del in ierno. Ese día, el espíritu de su hija se albergará por siempre en el cuerpo de quien la ha protegido todos estos años. Y juntos, serán los amos de la nueva *orden del mal* en la tierra.

—Esto parece como un guion preparado por algún departamento de turismo estatal, supongo que para atraer visitantes, ja, ja, ja —Anayka no parecía confiar en el taxista.

—Mi hermana tiene razón, Kelso. Toda esta historia suena irreal. Orden del mal, ejército de muertos vivos. Al final, ¿qué consigue a cambio esta mujer? —preguntó Peter.

—Escrito está:

"y resurgirán de las profundidades del averno, quienes lleven su signo. El fuego emergerá, y el reino del infierno ocupará el lugar donde la niebla una vez se esparció. Ya no habrá refugio para profetas, ni para los hijos del que llaman el Dios Supremo. Predominarán las llamas eternas de Luzbel, y todos rendirán pleitesía ante su presencia".

—Qué buena narración, señor Kelso. ¡Bravo! Digna historia para los "Cuentos del gato negro" —mientras decía eso, Anayka aplaudía.

—¡Anayka! ¡Ten más respeto con el hombre!

—Pierda cuidado, señor Pedro. Ya estoy acostumbrado a este tipo de burlas de quienes subestiman el poder del mal.

—Será mejor que sigamos. Ya quiero llegar al hotel a descansar. Nos esperan días muy "terroríficos" por lo visto —sonrió Anayka, mirando con el rabillo de ojo a su hermano.

6
NI LO INTENTES

Hospital San Jeremías Pastor, 1973,
Sala de emergencias

La profundidad del largo pasillo que conducía hacia la sala de urgencias del hospital San Jeremías Pastor, lo hacía parecer infinito. No eran pocos los que hallaban que se parecía a los túneles con luz al fondo, vistos por los que han logrado regresar del llamado de la muerte.

Era el miércoles de la Semana Santa. Poco personal del hospital podía verse atravesando el corredor.

En una de las salas de cuidados críticos trataban de salvar a la señora Dorothy, quien ingresara poco antes, casi sin vida.

Al otro lado, traspasando la puerta doble que decía "Solo Personal Autorizado", estaba Alan, deteniendo a cada a una de las auxiliares para preguntar por su madre.

—¿Dónde está mi mamá? Por favor, que alguien me diga, ¿dónde está mi mamá?

—Tranquilo, calma. ¿Cómo se llama tu mami, pequeño? —indagó una de las enfermeras que lo detuvo antes de que irrumpiera más allá de la zona restringida.

—¡Dorothy, Dorothy Alzamora! —contestó Alan con la voz agitada.

Llegó al hospital poco después de la ambulancia que trajo a la paciente. Vino en el automóvil del Dr. Villaverde, y desde ese momento era el reflejo vivo de la impaciencia.

—A tu madre la están atendiendo. Están haciendo todo lo posible por salvarle la vida.

—¿Salvarle la vida? ¿Es que se está muriendo mi mamá? ¡Dígame! ¿Se muere mi mamá?

La auxiliar, conmovida, al ver la desesperación del pequeño, se abalanzó hacia él, cubriéndolo con sus brazos para aliviar su angustia.

—¿Cómo te llamas, muchacho?

—Alan, Alan Sambrano —contestó gimoteando, mientras escuchaba atento la dulce voz de la afable enfermera.

—Tu madre va estar bien, Alan. En este hospital están los mejores médicos del mundo, lo puedo jurar. Así que no tienes por qué preocuparte. ¿Viniste con alguien?

—¡Yo lo traje! —interrumpió el Dr. Villaverde.

—¡Dr. Villaverde! Es usted, disculpe, no sabía...

—No se preocupe señorita Raymore. ¿Cómo está la condición de la madre del muchacho?

Un silencio sepulcral inundó la sala. Como si nadie tuviera una respuesta certera. Todo el personal estaba en espera de que alguien fuera el primero en dar el reporte.

La joven y delgada auxiliar, de ojos claros, suspendió el arrullo consolador que le brindaba al pequeño Alan para ir con el psiquiatra a un lado de la sala de espera.

—La madre del niño está muy mal, doctor. Tuvo contusiones múltiples en todo el cuerpo, en la cabeza, y ha perdido mucha sangre —susurraba, mientras Alan trataba de escuchar la información que recibía el Dr. Villaverde.

—¿Qué dicen los médicos? ¿Sobrevivirá? —consultó Villaverde mirando de reojo al niño, procurando que no escuchara su conversación.

—No traten de disimular los dos —interrumpió intuitivo el pequeño.

—¿De qué hablas, Alan? —preguntó Villaverde, sorprendido por la reacción inesperada del muchacho.

—¡Todos saben que yo tuve la culpa! Siento cómo me miran ustedes, ¡como un loco!

—Alan, estás muy nervioso. No sabes lo que dices. Cálmate. Todo fue un accidente.

—¡No, Dr. Villaverde, no fue un accidente! ¡Usted vio todo! —gritaba Alan, colérico, trepándose sobre las banquetas de la sala de espera—. ¡Yo conduje a mi madre hacia la muerte! ¡Fue mi culpa!

—No, Alan, tú no lo hiciste… baja de allí. Haz lo que te digo.

La forma con que su analista le hablaba para convencerlo lo exasperaba aún más. Era el mismo método sarcástico que utilizó con él en el consultorio.

—No vuelva a hablarme así, Dr. Villaverde. No soy ningún idiota. Ya conozco esa forma de hablar de usted. Tengo doce años y sé exactamente lo que ocurrió. ¡Por mi estúpida culpa, mi madre se muere!

—¿Qué pasa con él, doctor? ¿Por qué reacciona de esa manera? —preguntó la señorita Raymore al ver la obstinada resistencia de Alan.

—A su madre la arrolló un camión, justo cuando ella intentaba detenerlo para impedir que cruzara la calle.

—¿Detenerlo? ¿Por qué?

—El muchacho huyó de mi consultorio como un loco después de una acalorada discusión con su madre. Y ahora como usted ve, se culpa por el accidente.

—Pobre niño. Está muy alterado.

Alan continuaba rodeado por el personal de la sala de urgencias. Eso lo impacientaba aún más.

—¡Aléjense de mí, todos! ¡Yo maté a mi madre! ¡Soy un asesino! ¡Así como también quise matar al gato de doña Cheba! ¡Ella misma me lo dijo! ¡Soy un asesino!

—Alan, ¿qué locuras estás diciendo? Haz lo que te dice el Dr. Villaverde —ordenaba la joven auxiliar, temerosa de lo que fuera capaz de hacer el desenfrenado Alan.

—Baja de allí y te dejaremos ver a tu madre, te lo prometo —insistió Raymore.

—¿Creen que soy un retrasado mental, cierto? ¡No se me acerquen! —gritaba mirando de un lado a otro, vigilando cada movimiento de los auxiliares que intentaban controlarlo—. ¡No me hagan daño por favor! ¡Quiero ver a mi madre! ¡Déjenme solo!

Aprovechando un leve descuido del pequeño, dos auxiliares lo tomaron por los brazos. A pesar del difícil forcejeo, pudieron lograr dominarlo e inyectarle un calmante.

—¡Suéltenme! ¡Quiero ver a mi mamá! ¡Ayúdeme Dr. Villaverde! No dejen… que me… hagan… daño…

—Vas a estar bien, Alan. Vas a dormir un poco —lo convencía el psiquiatra, poniendo su mano sobre el pecho del muchacho.

Luego de unos segundos, sus párpados se cerraban muy lentamente escuchando a lo lejos palabras que iban y venían. Su cuerpo, abatido, se dejaba caer en los brazos de los auxiliares que aún lo sujetaban. Estaba sedado por completo en una camilla, al otro lado de la "zona restringida".

Después de varias horas, el pequeño Alan Sambrano abría sus ojos con cierta dificultad. Observaba a su alrededor, tendido sobre la cama donde había despertado. Le parecía muy extraño estar allí. Luego de una inspección visual del lugar, notó que no estaba en su habitación.

Aún no despertaba a la realidad del momento. No sabía dónde se encontraba. Era un cuarto muy bien arreglado. Una fina cómoda con un gran espejo estaba frente a él. A un lado de la confortable cama vio una ventana, tipo francesa, abierta de par en par. Desde el ángulo donde se encontraba Alan, a través de la ventana, podía ver un hermoso jardín cubierto de flores de todos los colores.

A pesar de lo confundido que podía estar, Alan admiraba la belleza del sitio, pero se mostraba suspicaz. Se levantó un poco, agobiado por el sedante que le habían suministrado en el hospital. Experimentaba un leve bamboleo en su andar.

Oyó un choque de voces detrás de la puerta del cuarto. Era una discusión entre un hombre y una mujer. Abrió cuidadosamente la puerta para observar a los protagonistas del altercado.

Reconoció una de las voces. Era la del Dr. Villaverde. Podría reconocerla desde muy lejos. Acomodó la oreja en la rendija de la puerta para escuchar con mayor claridad.

—¡No soporto un día más verte ebrio en esta casa! ¡Dame esa botella, te digo! —exigía la voz de la mujer.

—¡Déjame tranquilo! —gritaba el Dr. Villaverde mientras se escuchaba una botella romperse al caer al suelo.

—¿Qué crees, Marcos? ¿El alcohol va a hacer que olvides nuestra realidad?

—¡Cállate! ¡Ya lárgate y déjame en paz! ¡Estoy harto de tus estúpidos sermones!

El pequeño Alan supuso que los reclamos eran entre él y su esposa. En ese instante, recordó la botella de licor que escondía el psiquiatra en su consultorio en medio del librero. Ahora entendía el misterio de "la botella oculta".

La discusión de la pareja tomaba un giro más intenso, situación que mantenía al intruso en un estado de ansiedad continua. Pero aquello, no entorpecía su afán de seguir escuchando detrás de la puerta a media abrir.

—¡Marcos, escúchame por favor! ¡Te destruyes tú mismo! ¡Esto que estás haciendo no va a devolverle la salud a nuestra hija, entiéndelo de una vez, por Dios!

En ese momento, aterradores gritos salían de uno de los dormitorios que estaban al final del pasillo. Alan podía oír claramente a través de la abertura de la puerta. Los alaridos eran de una mujer joven.

—¿Qué ocurre en este lugar?, ¡parece que todos están locos! —se dijo.

Como siempre, la curiosidad era una de las debilidades del niño de doce años. Así que no vaciló en consultar nuevamente a su intuitiva cabeza.

—¿Qué clase de ser podía estar dentro de aquel cuarto, dando esos gritos?

Su curiosidad siempre volaba por encima de sus miedos.

Salió de la habitación sigiloso, casi en puntillas, para no ser descubierto por la pareja que aún discutía. Cada paso que daba en medio del pasillo, era como aumentar un decibelio a los gritos. Era parecido al bramido de un becerro atado, pero combinado con voz de un humano. Jamás había escuchado algo así.

Avanzó adherido a la pared, deslizándose sobre ella, hasta llegar a la habitación de donde provenían los ruidos escalofriantes. Estaba frente a la puerta, a unos centímetros de sujetar la manija. Sus manos temblaban, pero giró la manija de modo gradual, tratando de evitar algún ruido. Pero la manija no giró. Tenía llave. Iba a intentarlo de nuevo cuando su mano fue apartada bruscamente de la puerta, tanto que sintió un dolor quemante. Luego escuchó una voz conocida, hablando con los dientes apretados por la ira.

—Nunca más, escucha bien, nunca más intentes entrar a esa habitación, ni abrir su puerta, ni tocarla. ¿Lo oyes Alan? ¡Jamás!

El doctor Villaverde tenía clavados sus ojos en los de él, con furia.

El susto que pudo experimentar Alan en ese momento, no fue capaz de neutralizar su olfato. Un intenso aliento a whisky salía expelido de la boca del Dr. Villaverde con cada sílaba.

—¿Pusiste atención a lo que te dije? Mientras seas huésped en mi casa, ¡no entres por nada del mundo a este cuarto! —insistió el furioso psiquiatra—. Aunque escuches a quien está adentro suplicarte… ¡No lo intentes! ¿Me escuchaste, muchacho?

—Sí, sí, señor Villaverde. Sí, le, le escuché.

—Señor no, ¡Dr. Villaverde! Recuérdalo —corrigió con dureza el especialista.

7
PREGUNTAS

Hogar de los Villaverde,
Ciudad Salinas,
Los Rosales, 1973

La cena estaba servida sobre la mesa del comedor en el hogar de los Villaverde. Uno de los puestos desocupados tenía colocado los cubiertos junto al plato servido. Alan no despegó su mirada de aquella silla huérfana, mientras que ambos esposos estaban a punto de ingerir sus últimos bocados.

—¿No vas a comer nada, Alan? —preguntó el psiquiatra observando que su pequeño paciente no había tocado ni siquiera el plato.

Alan siguió embelesado viendo frente a él ese espacio vacío, presintiendo que no iba ser ocupado.

—¿Qué ves, Alan? ¿Por qué miras tanto el puesto de Esther?

Los ojos de Alan se expandieron dentro de sus cuencas al escuchar aquel nombre. Algo recordó en su mente.

—Te estoy hablando, Alan —insistió el Dr. Marcos.

—No lo pongas más nervioso de lo que está —la señora Ruth Marie irrumpió en su auxilio—. El pobre no ha querido comer. No has dejado de sofocarlo. Primero lo asustas allá arriba, ahora…

—¡Carajo! —exclamó golpeando la mesa con el puño cerrado, haciendo estremecer cada uno de los platos y cubiertos—. ¡Te he dicho que no me reclames frente a extraños y menos durante la cena!

—¡Y yo estoy harta de que me trates de esta manera delante de todo el mundo!

—¿Otra vez vas a agriarme la comida?

—¿Agriarte la comida dices? ¿Y quién me ha agriado mi vida estos últimos años? —reclamó.

—¡Tú sabes bien, Ruth, lo que ha causado esta desunión entre los dos!

—¡No me vengas de nuevo con esa excusa de culpar a Esther de nuestras discusiones! ¡El maldito licor te tiene enfermo!

—¿Por qué no ha bajado Esther todavía? —la pregunta de Alan, interrumpió la discusión de los Villaverde.

Ambos guardaron silencio unos segundos, mirándose el uno al otro.

—¿Qué dijiste, Alan? —preguntó el Dr. Marcos, sorprendido por la inesperada reacción del muchacho.

—¿Por qué su hija Esther no ha bajado a comer? —volvió a preguntar sin titubeos.

La señora Ruth Marie se levantó de su silla.

—Permiso, creo que ya terminé de cenar. Estaré en la cocina por cualquier cosa que necesites, Alan.

—Gracias, señora Ruth. La verdad, no tengo hambre.

—No te preocupes. Me imagino que todo este ajetreo del accidente de tu madre te tiene tenso. Me retiro. Con permiso.

El psiquiatra seguía, con mirada punzante, cada movimiento que realizaba su esposa mientras se retiraba a la cocina. Luego sus ojos giraron hacia Alan.

—Respecto a tu pregunta, muchacho… a pesar que nuestra hija Esther no baje a esta mesa a comer, siempre ponemos la comida servida en su puesto.

—¿Se puede saber por qué lo siguen haciendo?

—Tenemos la esperanza de que algún día baje de su cuarto a acompañarnos como lo hacía hace muchos años.

Alan se mostraba aún inconforme con las respuestas del analista.

—Lo que quiero saber es, ¿por qué no ha querido bajar de su cuarto? —insistió.

—Pregunta, mejor, ¿por qué estás aquí? ¿No crees, Alan? —interrogaba con ese tono que inquietaba tanto al curioso.

Una colisión de miradas se dio en ese momento entre ambos. El Dr. Marcos deslizaba sus dedos sobre sus bigotes, como de costumbre. Aquella manía robaba la atención de Alan.

—Solo recuerdo que me durmieron en la sala de urgencias del hospital. Lo que no entiendo es, ¿por qué me trajeron aquí, a su casa?

—Tu tía Elba me pidió que me encargara de ti mientras ella acompaña a tu madre en el hospital.

—Eso quiere decir que mi mamá no está muerta, ¿verdad?

Los ojos de Alan brillaban al escuchar lo que el doctor anunciaba.

—Así es Alan, tu madre aún tiene grandes posibilidades de vivir. Pero está de cuidado. Los golpes en su cabeza fueron muy fuertes.

—¿Cuándo puedo verla? ¡Quiero ver a mi mamá!

La impaciencia empezaba a renacer en él. En forma violenta se levantó de su silla.

—¿A dónde crees que vas, muchacho? —preguntó el psiquiatra quien también se levantó tomándolo del brazo para detenerlo.

—¡Suélteme! ¡Tengo que regresar al hospital con mi madre!

—¡No vas a ningún lado, Alan! —ordenó mientras continuaba sujetando el brazo del menor—. Mi responsabilidad es cuidarte mientras tu madre se recupera. Así que vas a hacer lo que te ordene en esta casa. ¿Me escuchaste?

La frialdad con que el Dr. Villaverde reafirmó la ordenanza, paralizó la resistencia juvenil.

En la mente de Alan pasaron rápidas imágenes de las repetidas veces en que había recibido, por parte de su psiquiatra, ese mismo apretón en su brazo. Incluso, le recordó el de doña Cheba.

—Lo que diga usted, Dr. Villaverde. Lo que usted ordene —contestó cabizbajo.

Al otro lado de la puerta de la cocina, la señora Ruth escuchaba todo lo que su esposo le advertía al pequeño. Le era imposible contener las lágrimas que corrían por sus mejillas. Cada gota de dolor que arrojaban sus ojos, caía sobre los platos sucios en el fregador. Exprimió la esponja con las manos mientras observaba cómo la espuma corría entre sus dedos.

Así de fácil desearía ella poder expulsar su dolor interno cada vez que le estrujaban el alma. Soñaba ver desaparecer algún día la desdicha que la había abrazado por años, como la espuma que se iba desvaneciendo sobre el desagüe.

En su cuarto, Alan permanecía sentado sobre la cama. Un desfile de preguntas sin respuestas, aún, continuaba manifestándose en su cabeza.

Había caído la noche. El singular jadeo que se escuchaba en el cuarto contiguo era perenne. Mantuvo la luz apagada para así poder ver a través del espacio entre el suelo y la parte inferior de la puerta. La luz del pasillo estaba encendida.

Escuchó el crujir de su puerta. Alguien interrumpió sus pensamientos… y despertaba sus miedos.

Vio unos pies reflejarse por debajo de la puerta. Se abrió de forma gradual, esparciendo un leve chirrido.

Su enorme almohada quedó reducida al tamaño de una bola de trapo, al apretujarla tan fuerte en sus brazos. No tenía nada más a su alcance que le sirviera como defensa.

—Diosito, espero que todo esto sea un sueño —se escuchó susurrar mientras se cubría con la almohada.

La puerta ya estaba abierta por completo, pero era imposible ver de quién se trataba. Solo veía la silueta de una persona que estaba en la entrada del cuarto. La luz del pasillo y la oscuridad de la habitación no eran una buena idea.

La extraña silueta, movía los brazos tratando de alcanzar algo próximo al marco de la puerta.

La luz se encendió.

—¿Por qué tenías la luz apagada?

Las pupilas de Alan parecían como los ojos de una lechuza a medianoche, cuando se iluminó el cuarto.

—Es que a veces prefiero estar a oscuras, señora Ruth —contestó, tratando de disimular su miedo. No le temo a la oscuridad.

—Eso no es lo que me han contado de ti —sonrió.

La señora Ruth Marie se sentó al borde de la cama a un lado de Alan. Calmada la ansiedad del muchacho, la paz esparcía su presencia, a pesar del dolor que habitaba en su interior, que se podía inhalar.

Ella provenía de una familia adinerada de la ciudad de Palmira, al sur de Marciagas. Conoció al Dr. Villaverde mientras estudiaban juntos la carrera de Psiquiatría en la universidad. Ruth no logró terminar sus estudios completos ya que durante su relación con el analista, tuvieron a su hija Esther. Por tal razón decidió abandonar sus estudios y dedicarse a su labor maternal.

—¿El Dr. Villaverde no se molestará si la ve aquí?

—No te preocupes, él está en el cuarto con nuestra hija Esther. Pero de igual forma, no se molestaría.

Alan volvió a escuchar los gritos que provenían del cuarto al final del pasillo. La señora Villaverde notó la inquietud del invitado.

—No sientas miedo en esta casa, Alan. Aquí estarás muy cómodo mientras se recupere tu madre.

—Gracias, señora Ruth, pero es que esos gritos…

Alan hizo una pausa y miró de reojo hacia el pasillo. Ella volvió a percibir lo que agitaba al muchacho.

—¿Te asustan? —inquirió mientras le acariciaba el rostro.

—Un poco. ¿Es su hija Esther, verdad?

—Sí, Alan, es nuestra adorada Esther.

—¿Está enferma?

—Sí, hijo, algo así. Desde hace años, cuando ella era muy pequeña, empezó a enfermarse. Ningún médico ha podido decirnos lo que realmente padece. Ya han pasado trece años desde que ocurrió. Tiene miedo de dormir para no ser atormentada por sus pesadillas constantes.

—Eso le ocurre desde que encontró esa muñeca, ¿verdad? —preguntó Alan.

Sorprendida por la inesperada revelación del chico, la mujer se levantó de la cama.

—¿Qué dijiste, Alan?

Alan ni siquiera estaba seguro del porqué soltó esas palabras. Le salieron de manera automática.

—No sé, señora. No sé por qué mencioné a la muñeca —contestó temeroso.

—Nadie sabe lo de la muñeca, solo mi esposo y yo. Jamás se lo hemos contado a nadie —aseguró mientras se tapaba la boca con las manos, aún sorprendida.

—¿Y la abuela de Esther? Ella también lo sabía. Estaba con ella cuando la encontró —continuó Alan.

—Dios mío, muchacho. ¿Cómo tú puedes saber eso?

En ese momento, la llegada inesperada del Dr. Villaverde interrumpió la conversación.

—¿Saber qué cosa, Ruth? —preguntó, enérgico.

El pasmado Alan, volvió abrazar la almohada. Se le hizo un nudo en su garganta, mientras que la señora Ruth bajaba la mirada.

—Nada, Marcos. Solo me contaba que estaba preocupado por su madre.

El psiquiatra no se mostró muy convencido ante la respuesta de su esposa.

—Es mejor dejar al muchacho descansar —ordenó cerrando casi la puerta—. Buenas noches, Alan.

—Buenas noches, Dr. Villaverde.

La señora Ruth levantó el rostro y conectó su mirada a la de Alan, indicando que aún estaba pendiente una larga conversación.

—Que duermas bien Alan —se despidió con su peculiar tono afable.

—Igual usted, señora Ruth.

8
LA SALVACIÓN

20 de abril de 2000,
Muelle El Cruce, Isla Arreiras

La mañana era propicia para cruzar hacia el pueblo de El Guayacal. El sol abierto y desnudo se entregaba al cielo, y las nubes se veían inalcanzables.

Un viejo bote se bamboleaba sobre las aguas de El Cruce, esperando ser abordado por los hermanos Robledo.

Recostado al taxi de Kelso, Peter no dejaba de mirar su reloj de pulso. Se mostró impaciente ante el retraso de la partida. Su celular era inservible en esa región.

Anayka, mientras tanto, aprovechó para entrar a una tienda de abarrotes y curiosear los extraños artículos que allí se mostraban a la venta.

Un corroído letrero de madera, colocado sobre la puerta, revelaba el nombre del establecimiento "La Salvación".

Perpleja, Anayka observó la centena de cruces que colgaban por todos lados, al igual que amuletos y resguardos de todo tipo. La dependiente, con su cabello blanco recogido y sus anteojos a mitad del tabique nasal, no le quitaba la vista de encima a la visitante.

La indiscreción logró vencer la prudencia.

—¿Buscaba algo en especial, señora?

Aquella voz áspera inquietó a la fisgona Anayka, quien en ese momento sostenía una de las tantas cruces que estaban a la venta.

—Solo algunos comestibles para el viaje —contestó Anayka, intranquila.

—El área de alimentos está en aquella esquina, a un lado de los sacos de harina —dijo la dependiente, señalando con un huesudo dedo índice.

Al dirigirse al lugar indicado, los pies de Anayka tropezaron con lo que parecía un saco de harina. Para su sorpresa, se trataba de un perro echado en el suelo que le gruñía con extrema ira. Era negro con manchas grises como cualquier perro callejero. Su presencia intimidaba a la forastera a pesar de que el animal estaba atado a una oxidada cadena. Despacio, retrocedió dos pasos.

—No tiene por qué temerle a mi pequeño Chaky —la enigmática mujer la previno desde el mostrador de la caja, ocultó su rostro detrás de unos rosarios que colgaban.

Los nervios de Anayka la obligaron a tomar algunas cosas lo más rápido que pudo.

—Esto es todo lo que voy a llevar —dijo, poniendo la canasta sobre el mostrador.

—Son trece con cincuenta, señora.

Anayka estaba absorta, mirando cada rasgo de la dependiente. No la escuchó.

—¡Le digo que su cuenta es trece con cincuenta!

—Claro, sí, disculpe.

Mientras buscaba efectivo dentro del bolso para cancelar su cuenta, la mujer que se ocultaba tras los collares aprovechó para simpatizar con la forastera.

—Soy Silvina Rojas. Mi esposo y yo abrimos esta tienda hace más de treinta años. Él aún trabaja en el ferrocarril de Mr. Dawson. Yo me encargo de cobrar, mientras mi perro Chaky les da la bienvenida a los visitantes.

—Sí, ya me di cuenta —dijo Anayka, mirando de reojo al amenazante can—. Disculpe, ¿ferrocarril Dawson? Cuando yo era niña, ya esa compañía había sido clausurada.

—¿Le llamó la atención ver tantas cruces en mi tienda? —interpeló la extraña ignorando por completo la consulta de la curiosa cliente.

Anayka no terminaba de buscar en su bolso, cuando la inesperada pregunta la sorprendió.

—¿Por qué lo pregunta, señora Silvina?

—Estuve observando cómo se sentía atraída por ellas.

—La verdad, llamó mi atención la cantidad que tienen a la venta.

—La cruz, aquí en Arreiras, y en el pueblo que está al otro lado del mar, representa la mayor protección contra los malos espíritus. Simboliza no solo el poder de Dios, sino también, el poder del gran guerrero Verceo, quien luchó contra los demonios...

—Disculpe —interrumpió Anayka—. Mejor no hablar de esos temas. No soy creyente de ese tipo de historias pueblerinas.

De inmediato, en el rostro de la dependiente se manifestó el fastidio ante el escepticismo de la advenediza.

—Esa es la forma de pensar de todos ustedes los citadinos. ¡Creen que la gente de campo somos unos vulgares y corrientes que inventamos estúpidas leyendas para atemorizar a los turistas! ¿No es cierto, señora?

Anayka, sin intenciones de continuar la discusión, puso el dinero sobre el mostrador y tomó la bolsa con víveres.

—Antes de que se retire, señora... le recuerdo que nunca subestime el poder de Dios, ni mucho menos el poder de la cruz de Verceo —advirtió antes que Anayka cruzara la puerta de la particular tienda.

—¿Por qué lo dice? —preguntó Anayka volteando su cabeza hacia la dependiente.

—En El Guayacal, señora Anayka, nunca ha muerto la maldad. Solo ruéguele a Dios, ¡que la proteja de la muerte y del fuego del infierno!

—Le agradezco su preocupación. Pero, ¿cómo sabe mi…?

Una lata de vegetales que sobresalía de la bolsa plástica cayó al suelo. Anayka se inclinó para recogerla. Al reincorporarse, vio que la dependiente ya no estaba frente a la anticuada máquina registradora.

—¡Señora Silvina! ¡Señora Silvina! —insistió en llamarla.

Ante ella, solo se manifestó el guardián de la tienda. La cadena que lo ataba estaba rota. A través de su babeante hocico, asomaban unos amarillentos y afilados dientes, alertando a la intrusa de que era hora de abandonar el sitio.

Ella se apresuró, temerosa de ser troceada por las mandíbulas del furioso animal de enrojecidos ojos, que ardían como carbón encendido. Aquella mirada del can, la iba a perseguir hasta que estuviera fuera y muy lejos de "La Salvación".

Mientras, en el muelle El Cruce, de la parte trasera de la destartalada barcaza se asomó Kelso, quien limpiaba su rostro y sus manos pringadas de aceite de motor con un pedazo de tela.

—Ya estamos listos, señor Pedro. Solo necesitaba darle unos cuantos ajustes al motor de este pequeño guerrero del mar.

—¿Guerrero del mar, dices? Espero que esta chatarra no nos deje varados en medio del océano.

—No subestime a Verceo. Este bote me ha llevado a lugares que usted no se imagina.

—Disculpa, Kelso. ¿Dijiste que tu bote se llama Verceo?

—Así es. Mi bote lleva el nombre del gran guerrero Changüira Verceo. Por mi sangre corre el linaje de la tribu que luchó por las tierras de El Guayacal.

—¿Vuelve a mencionar a los guay-yakis, señor Kelso? —interrumpió Anayka, quien bajaba la endeble escalera que unía el muelle con el bote.

—Señora Anayka, me preocupaba su retraso. ¿Le ayudo con su maleta?

—No te molestes, yo la puedo llevar sola. Disculpen la demora, compré unas cosas en una tienda de abarrotes.

Como toda mujer, aquella maleta la custodiaba de tal forma que cualquiera podía pensar que protegía algo de mucho valor que estaba dentro de ella.

—Le decía que escuché que volvió a hablar a mi hermano de la tribu guay-yaki.

—Sí, señora, mis padres son descendientes de la gran tribu.

—Siento decirle que en la historia de los guay-yakis hay muchos mitos. El tal guerrero llamado Changüira Verceo, jamás existió según mis averiguaciones.

—¡Cómo puede negar la historia de nuestro gran combatiente!

—¿Historia dice? Soy estudiosa de la Historia Antigua. Es mi especialidad. Y la historia de Verceo jamás ha sido comprobada.

—Anayka, estamos atrasados. No discutas ahora sobre historias antiguas. No estás en clases con tus alumnos.

—Ofende a nuestra gente, señora Anayka.

—¡Por lo visto es un sacrilegio negarse a creer en todas las leyendas de ese lugar!

—Anayka, ¡ya, por favor! —exclamó Peter tratando de poner fin a la discusión.

—Disculpa, Peter, pero es mi obligación apegarme a la historia real. Es absurdo pensar que este tal Verceo haya sido influenciado por creencias cristianas de los españoles. Además…

—¡Además nada, Anayka! Ya partamos.

Anayka, asintió con la cabeza, mostrando sus disculpas ante el nativo.

—Tienes razón, mejor salgamos de aquí. Ya no aguanto las picadas de los mosquitos.

El robusto Kelso desamarró las cuerdas del bote para despegarse del muelle. Su rostro evidenciaba cierta contrariedad ante la tesis de Anayka sobre la autenticidad del milenario guerrero.

Durante la media hora de recorrido sobre las aguas que dividían Arreiras de la provincia Mandrales, donde se encontraba el pueblo de El Guayacal, los tres se mantenían en silencio. Nadie arrojaba una sola palabra. Tanto así que podía escucharse el murmullo del viento sobre las olas. El choque que tuvieron Anayka y Kelso antes de zarpar, terminó de romper la poca confianza que habían empezado a sentir ambos desde su encuentro en Arreiras.

El vacío de palabras dentro de la barcaza se hacía tedioso para Peter. Necesitaba romper con el inaguantable sosiego.

—Me disculpo en nombre de mi hermana, Kelso. Creo que Anayka no quiso poner en duda las historias de tu pueblo.

—No necesito que te disculpes por mí, Peter. ¡Mantengo mi posición sobre lo que discutí con el señor Braca y punto!

—No quiero que ustedes discutan por mi culpa. Ya estoy acostumbrado a que muchos nieguen la realidad de mis antepasados y la existencia del gran Verceo.

—Nuestro primo Alan escribió en su diario sobre los guay-yakis —afirmó Peter—. Hablaba de una gran batalla contra demonios que trataban de apoderarse de su gente.

—¿La gran batalla del Ángel? —intervino Anayka.

Kelso, perplejo por la pregunta de la historiadora, se levantó y dio unos pasos sobre la angosta cubierta del bote hasta llegar a su lado.

—Veo que conoce la gran batalla del Ángel Badael, señora.

Por un momento Anayka se sintió algo amenazada ante la proximidad de Kelso.

—Al igual que mi hermano, lo supe también por el diario de Alan. Narró aquel incidente asegurando haberlo visto a través de los ojos de un gato. ¿No le parece demasiado tonto?

—¡No empieces, Anayka! —advirtió Peter, temiendo que iniciara otra discusión.

—Los ojos de un gato no mienten, señora. Son fieles testigos de hechos jamás descubiertos por el hombre… y mucho menos por los historiadores como usted.

—Creo que esta discusión no nos llevará a ningún lado, señor Braca. La historia y los relatos pueblerinos nunca han podido ir de la mano. Mejor demos por terminado esta controversia histórica, ¿le parece?

—Como usted diga —asintió Kelso.

Mientras el nativo regresaba a la parte trasera del bote, un repentino movimiento estremeció el navío deteniendo el motor.

Kelso intentó reactivar el propulsor. Tras repetidos esfuerzos, este se ahogó.

A pesar de continuar paralizado el motor, la barcaza seguía su marcha. Algo lo mantenía en curso.

—¿Qué está sucediendo Kelso? —preguntó, temeroso, Peter.

—No entiendo, revisé todo muy bien antes de partir.

—No escucho el motor, ¿por qué no se detiene el bote? —preguntó Anayka mientras se sostenía casi con angustia del borde de la barca.

Alrededor del viejo navío, el agua ennegrecía. Un extraño poder controlaba la manivela. Kelso no podía dominarla. Estaba fuera de control.

Una densa niebla empezaba a cubrirlos. La situación se tornó mucho más tensa dentro del bote.

—Te pregunto por segunda vez Kelso, ¿qué carajo está pasando? —insistió Peter, mirando de un lado a otro.

—La niebla nos advierte que nos estamos acercando a Mandrales. El ennegrecido mar muestra la oscuridad que acecha a nuestro pueblo.

—¡De que oscuridad habla, señor Braca! —reclamó Anayka—. Cuando llegamos la última vez a este lugar para buscar a Alan y llevarlo al hospital, todo era maravilloso.

—Aquellos días en que El Guayacal había retomado su luz, desaparecieron hace varios años. La muerte volvió a ensombrecer nuestros campos.

En ese momento, el bote se detuvo estremeciendo a sus ocupantes.

Habían llegado al muelle Lambique. La pequeña provincia Mandrales, estaba ante ellos.

—Señores, llegamos —masculló Kelso.

Tanto Anayka como Peter, se extrañaron por la forma susurrada con la que el originario les informó la llegada.

—¿Y por qué habla de esa forma señor Kelso? ¿Teme que alguien se entere de nuestra visita? —consultó Anayka.

—Cada rincón de esta provincia tiene oídos, señora. Cada árbol, cada río. Nunca subestimen el poder maligno que arropa a este lugar. No va ser fácil llegar hasta donde está Alan Sambrano. Tratemos de estar juntos todo el tiempo. Hay muchos pueblos que cruzar antes de llegar a El Guayacal.

La advertencia que les hacía Kelso la tomaba Anayka como una manera de provocar miedo, como lo hace todo anfitrión pueblerino hacia los visitantes.

—¡Ya basta! —exclamó Anayka—. No siga presumiendo sobre su vasto conocimiento en relatos de El Guayacal. Suficientes historias nos contó nuestra abuela Ágatha cuando la visitábamos todos los veranos.

—Tómalo con calma, hermana. Kelso solo desea advertirnos como buen guía. Déjalo.

—Son muchas las cosas que aún tienen que conocer de este lugar —continuaba la advertencia.

—Creo que he sido clara, señor Braca.

—Disculpe mi necedad, señora Anayka. Les ayudaré a bajar sus cosas. Con permiso.

Peter estiraba sus piernas sobre el improvisado muelle de madera podrida, mientras sus ojos vislumbraban el paraje lúgubre que estaba frente a ellos.

—¿No podía tenernos al menos unos caballos? ¿Dónde están las carreteras de asfalto? ¿Desaparecieron acaso? Que descuidado está este lugar, ¡por Dios! ¿Cuánto recorrido nos espera, señor Kelso?

—Como unos tres kilómetros más o menos.

—¡Y este celular, para rematar, me sirve es de estorbo! Bueno hermano, hemos regresado al lugar donde todo empezó.

—Así es, el lugar donde todo empezó y donde todo puede terminar —aseveró Kelso mientras desembarcaba las pertenencias de los visitantes.

—¿Qué quieres decir con eso? —preguntó Peter, extrañado por esas palabras.

—Nada señor Pedro —sonrió—. Solo tontas ideas que pasan por la cabeza de un nativo. ¿No es cierto, señora Anayka?

—¡Estúpido indio!

9
A TUS ESPALDAS

Los Rosales,
Ciudad de Marciagas, 1973.

Los rayos de sol de la mañana que entraban por la ventana del cuarto transitorio del pequeño Alan Sambrano, pincelaban de amarillo las paredes tapizadas de fino papel en colores cálidos donde predominaban hermosos dibujos de rosas de todo tipo.

Era el Jueves Santo de aquel año.

El sonido de un automóvil al ser encendido despertó al huésped. Su curiosidad lo empujaba a mirar a través del cristal del ventanal, y se dio cuenta de que el Dr. Villaverde había salido a la ciudad, tal vez.

Era el momento. Era la oportunidad para que Alan terminara con aquella incertidumbre que lo estrangulaba. Llegó la hora de cruzar por el pasillo que lo llevaba hasta el cuarto prohibido.

¿Qué secreto guardará esa habitación donde me prohibieron entrar anoche?

Abrió la puerta de su habitación muy despacio, evitando que el chirrido llamara la atención. Afinó su sentido auditivo para escuchar si alguien se encontraba cerca. Abajo, en la cocina, podía oírse que alguien estaba usando el lavaplatos. Supuso que podía ser la señora Ruth.

Era el momento propicio para salir de la habitación. Caminó de puntillas con sus pies descalzos y su espalda pegada a la pared. El rostro de Alan reflejaba un pánico anticipado por lo que pudiera encontrar dentro de aquel lugar vedado para él. Cada paso que daba, lo interrumpía por cinco segundos tratando de retrasar su llegada. Seguía adherido a la pared para no ser visto desde abajo. Le quedaban como tres pasos para encontrarse frente a frente con la puerta del cuarto de Esther.

El pequeño curioso sudaba a chorro. Su cuerpo estaba empapado como si hubieran vertido un balde de agua sobre él. Sus piernas flaqueaban. Cerraba los ojos como diciendo *¿qué estupidez estás haciendo, Alan?* No había marcha atrás. Otra vez tenía que poner su curiosidad por encima de sus miedos. Su respiración se aceleró. Sujetó la manija de la puerta y la giró, arrugando el rostro, evitando hacer el más mínimo ruido. Esta vez estaba sin seguro. No podía perder un segundo más. Tenía que hacer todo antes de que regresara el Dr. Villaverde.

Ya estaba adentro. Lo primero que vio fue un antiguo ropero de madera y una persona inmóvil frente a él.

—¡Carajo! —exclamó exaltado, cubriéndose los ojos.

Se calmó un poco al darse cuenta de que era su propio reflejo el que vio en el largo espejo del ropero.

Observaba detenidamente las paredes de la habitación tapizadas con papel rosado y delicadas líneas verdes.

Sus desnudos pies estrujaron una cápsula de medicamento que estaba en el piso. Se percató de que eran varios los comprimidos regados en el suelo. Más bien, parecían haber sido lanzados de manera intencional.

Las ventanas se hallaban selladas con gruesos barrotes de metal. Giró la cabeza a su derecha y se encontró con lo que había deseado ver, la cama. No había nadie sobre ella, pero sí se hallaba desarreglada.

Sintió una jadeante respiración detrás de él. Podía presentir que quien habitaba aquellas cuatro paredes, lo estaba observando. Su espalda se heló al instante.

Cerró los ojos apretujando sus párpados, en espera del zarpazo.

—Te dejé la puerta sin seguro, Alan —susurró la voz áspera de una mujer joven a sus espaldas.

Alan no se atrevía a voltear. Aún se mantenía petrificado.

—¿No vas a volverte para mirarme? —insistió la voz.

Lleno de pavor, Alan reflexionaba sobre la sugerencia femenina. Se mantuvo estático.

—¿O prefieres que me coloque frente a ti? —inquirió la voz.

—No, no es necesario. Lo haré, pero a mi manera.

—Como desees, Alan.

El pequeño rotó su cuerpo con los ojos cerrados tan despacio como las manecillas de un reloj, hasta colocarse frente a ella.

—Ya puedes verme, Alan.

Alan abrió el telón de sus ojos, permitiendo ver ante el escenario la imagen completa de Esther.

Se mantuvo callado, pero su asombro hablaba por sí solo.

—¿Te imaginabas ver otra cosa? ¿Un monstruo quizás?

Alan fue disminuyendo la intensidad de su respiración. Al ver el joven rostro de la hija del doctor, con el cabello largo color cobrizo y sus ojos claros como la miel, se dio cuenta de que volvía a ser traicionado por su imaginación.

—Discúlpame. Soy un tonto niño miedoso, como te pudiste dar cuenta —dijo sonriendo, mientras que de su cara desaparecía la palidez.

—No te preocupes, pienso que los gritos durante mis pesadillas pueden aterrarte.

La sonrisa que mantuvo Alan por unos segundos, desapareció al escuchar la respuesta inesperada de Esther.

—Entonces esos…esos…

—¿Alaridos? ¿Es lo que quieres decir? —interrumpió Esther.

—Sí, eso, alaridos —respondió Alan mientras se rascaba la cabeza.

—¿Qué edad tienes?

—Doce años. ¿Y tú?

—Veinte. Muy mayor para estar encerrada en mi cuarto todo el día, ¿verdad? En vez de estar afuera divirtiéndome como lo hace toda joven de mi edad. ¿No crees?

—La verdad sí. ¿Estás enferma o algo?

—¿En serio quieres saber qué ocurre conmigo, pequeño? —preguntó mientras se dibujaba una picaresca sonrisa en sus labios.

—Sí. Ya que voy a estar un par de días en esta casa, debo saber todo sobre la vecina de mi cuarto —sonrió también Alan.

—Ya me contó mi padre. La verdad, muy pocas personas nos visitan. Mejor dicho, nadie nos visita.

—Me imagino que tu papá no lo permite. ¿Cierto?

—Sí, pero… ¿puedo confesarte algo? —le susurró al oído.

—¡Claro!

—Por mi ventana, desde hace unos meses, cada tarde me visita una niña como de unos doce o trece años. Nunca me ha dicho su nombre. Mi madre piensa que puede ser el espíritu de una niña a la que llamaban Ñeca, que perdió su muñeca cuando murió ahogada en las aguas del río Cabral, hace muchos años, en El Guayacal.

—Pero Ñeca solo tenía diez años cuando murió —susurró hablando para sí mismo.

—¿Dijiste algo?

—No. Solo pensé en voz alta, disculpa, ¿y de qué hablan?

—Me pregunta siempre por la muñeca…

Esther calló por unos segundos.

—Espera un momento. No te muevas, Alan.

Ella se dirigió hacia la puerta de la habitación arrastrando su larga pijama celeste. La cerró con seguro.

La mirada de Alan no le perdía ninguno de sus movimientos. Se notaba en ella el temor a ser escuchada.

Alan intuyó de inmediato que iba a ser una conversación "secretamente" reveladora.

Esther se lanzó sobre el colchón de su cama.

—Ven, siéntate conmigo aquí —invitó, señalando el lado izquierdo de su ancha cama cubierta de sábanas de algodón.

El niño fue sentándose con cierta timidez sobre el lugar que le indicara Esther.

—¿Aún tienes miedo de mí, Alan?

—No me hagas caso. Cuéntame, ¿en verdad tienes pesadillas todas las noches?

Esther bajó la cabeza, como tratando de ordenar sus ideas antes de responderle a Alan.

—Todo empezó cuando tenía seis años y caminaba a orillas del río Cabral junto a mi abuela…

—¿Manuela? —interrumpió Alan.

—¿Cómo lo sabes? Solo mis padres conocen esa historia. Dime Alan, ¿cómo sabes el nombre de mi abuela?

Alan supo que no resultó buena idea de nombrar a la abuela de Esther. Es muy pequeño para guardarse algunos secretos. Trató de alguna manera de salir del atolladero en que se encontraba. Tenía solo segundos para pensar.

—Lo sé porque… vi el retrato detrás de ti, en tu mesita de noche. Estás junto a ella y creo que dice: "Te recordaré siempre abuelita Manuela".

Ella se volteó y tomó el retrato enmarcado.

—Sí, ella era mi abuela Manuela —dijo mientras miraba la fotografía.

—Y… ¿qué ocurrió después de que caminaste con ella cerca del río?

—Esa tarde encontré una muñeca. Era muy extraña, recuerdo. Estaba vieja y descosida. Dentro de ella había una cruz, muy hermosa por cierto.

Hizo una pausa. Miró de nuevo el retrato de su abuela y continuó describiendo sus recuerdos.

—Mi abuela Manuela conservó la cruz y yo me quedé con la muñeca. Recuerdo haber escuchado una voz que salía del interior de esa horrible cosa de trapo. Por más que intento deshacerme de ella, regresa a mi armario. Pero cuando les pido a mis padres que la saquen de allí dentro, misteriosamente la muñeca no está.

Alan se mantuvo mudo, sin interrumpir esta vez. A pesar de conocer gran parte de lo que le contaba Esther, no era capaz de cometer el mismo error dos veces. Pero su lengua quería traicionarlo. Su esfuerzo por mantener el secreto era colosal. Él sabía que no era prudente revelar nada.

Esther continuó su confesión.

—Desde aquella vez, Alan, mi vida no ha sido la misma. Todos los días aparece en mis pesadillas un hombre cubierto de oscuridad y fuego. Como un demonio alado con enormes cuernos y rodeado de una espesa nube negra. Solo hago cerrar mis ojos, y aparece allí… dentro de mi cabeza.

Esther tomó su sábana y se abrazó con ella hasta cubrir su boca. Miraba de un lado a otro. Parecía como si alguien la acechara a través de las ventanas del cuarto.

—¿Te dice algo ese hombre? ¿Te habla?

—¡Sí, Alan! —contestó firme mientras tapaba su boca con la sábana.

Mientras Alan sentía cómo sudaban sus propias manos, ella proseguía su relato.

—Me dice que todos los Viernes Santo, el espíritu de su hija entrará en mi cuerpo y que a través de mí cobrará venganza de quienes acabaron con ella.

Alan hizo una pausa y tragó saliva.

—¿Y así ha sucedido? El espíritu de esa mujer entra... ¿en tu cuerpo?

—¡Sí, Alan, todos los Viernes Santo! Aunque pienses que estoy loca, me convierto en alguien que desconozco. ¡Un ser abominable! Mi madre así me lo ha dicho.

—¿Por eso te mantienen aquí encerrada?

—Sí. Minutos antes de la medianoche del Viernes Santo, me atan a esta cama. ¡Como un animal salvaje! Mi padre me obliga a tomar esas pastillas cada noche pero las escupo cuando se van.

Alan entendía ahora el porqué de los medicamentos tirados en el suelo.

Esther continuaba describiendo la tortura que había estado viviendo todos esos años.

—Una voz entra en mi cabeza y me dice que tengo que ir a El Guayacal… ¡a matar!

—¿A quién?

—No sé. Solo tengo que obedecer.

—Y tus padres, ¿qué piensan de todo esto que te sucede?

—Mi papá dice que tengo un trastorno mental. Algo psiquiátrico según sus estúpidos análisis. En cambio, mi madre, está segura que se trata de algo más oscuro. Un poder del más allá. Una posesión diabólica.

Esther recogió sus piernas y empezó a morderse las uñas de las manos. Su alterada reacción se agudizaba.

Alan se levantaba de la cama muy sigiloso. Ya no se sentía cómodo con el repentino comportamiento paranoico de Esther.

—Mañana, aunque se ha opuesto mi padre, vendrá el sacerdote de un pueblo no muy lejos de aquí. Mi madre lo mandó a buscar. Creo que se llama Peregrino Collado. Dicen, los que conocen de estos temas, que es el mejor en casos de posesiones. Me hará una de esas sesiones de exorcismo.

—No creo que eso sea suficiente para acabar con el espíritu maligno de Hipólita.

Esther se congeló al escuchar la sorpresiva advertencia de Alan.

—¿Dijiste Hipólita? ¡Yo no te he dicho el nombre! ¡Ahora vas a decirme que viste un retrato de ella también!

Ambos ya estaban fuera de la cama. Esther se fue acercando, amenazante, hacia donde se encontraba el pequeño.

—Tra-tra-tranquila —tartamudeó—. Mi abuela Ágatha me contaba las historias de una mujer que poseía las almas de los que no creían en Dios. Su nombre era Hipólita, pero no pienses nada mal de mí. Por favor Esther, ¡créeme! Por qué mejor no terminas de hablarme de la niña que te visita a tu ventana.

Alan suplicaba mientras retrocedía. No le quitaba los ojos de encima a Esther, pero la llegada de un automóvil interrumpió la discusión. Esther se asomó por la ventana y se dio cuenta de que su padre había regresado.

—Es hora de que salgas, Alan. Mi padre no puede verte aquí. ¡Sal ya! —advirtió Esther.

—¡Espera! Solo una pregunta, por favor —imploró el pequeño impidiendo que Esther cerrara la puerta.

—¡Dime rápido!

—Mañana es Viernes Santo. ¿Qué ocurrirá conmigo cuando estés...?

—¿Poseída, Alan? —preguntó sonriendo.

—Sí, eso, poseída. ¿Me harías daño?

—¿Crees en Dios, pequeño?

—Sí, mucho.

—Entonces pídele a Él que te proteja. No de mí, ¡sino de Hipólita! —contestó, tirando la puerta.

Atemorizado y temblando de pies a cabeza, Alan corrió con cierta torpeza hasta llegar a su cuarto. Se sumergió debajo de la sábana, y empezaba a rezar la oración de súplica que le había enseñado su madre. Más bien, era la única oración que había podido aprenderse de memoria.

10
EL ANTIGUO TREN

20 de abril del 2000,
provincia de Mandrales.

La espesa vegetación que cubría gran parte del trayecto hacia El Guayacal convertían el sendero en un oscuro túnel capaz de atemorizar al más valiente. De vez en cuando podían advertirse algunas colinas un poco menos arboladas que, al lado del camino, parecían guerreros mitológicos en guardia eterna desde sus laderas, petrificados con el tiempo.

A pesar del caluroso verano que se extendía por toda la provincia de Mandrales, el paisaje mantenía la frescura invernal desde la maleza del suelo hasta la oscura copa de los inmensos árboles.

Peter, Anayka y Kelso caminaron más de dos kilómetros después de anclar en el destartalado muelle Lambique. Los tres, parados ahora sobre una colina, podían ver el caserío de El Guayacal a poca distancia de donde se encontraban. Allí estaba el pueblo que aún se mantenía a su suerte. El lugar seguía siendo la burla de los forasteros por sus arraigados mitos y leyendas, considerados como estrafalarios. El sitio donde el común de la gente vivía al amparo de la fe y la esperanza piadosa en su protectora Santa Bárbara de los Milagros y del arcángel celestial Badael.

La fatiga era notoria en sus rostros. Sus ropas estaban engomadas al cuerpo por el sudor y el barro del sendero.

Anayka se sentó sobre las raíces de un árbol para tomar aire, quedándose atrás de los otros.

Kelso, con machete en mano y quien llevaba prácticamente toda la carga, se volteó.

—No podemos detenernos señora Anayka. La noche nos atrapará, y no creo que sea buena idea.

—¡Sigue con sus absurdas advertencias! —exclamó ella mientras trataba de tomar aire.

—Señora, esto no es Arreiras. Este lugar no es igual cuando...

—¿Se oculta el sol? —interrumpió Peter.

—Exacto. Me imagino que ya conocen la historia de esta provincia y El Guayacal. ¿No es cierto, señor Pedro?

—Más de lo que imaginas, Kelso. Nuestra abuela Ágatha vivió hasta sus últimos años en el pueblo. Y sus relatos nos hacían orinar del miedo. Incluso a Alan.

—Te orinabas tú, porque yo jamás creí esas estúpidas historias —dijo Anayka, bajo el enorme árbol—. Siempre le hice ver que me asombraban sus relatos para no hacerla sentir mal pero, la verdad, nunca creí en ellos.

Peter se desconcertó por la confesión de Anayka.

—¡Ten un poco más de respeto a la memoria de nuestra abuela!

—Ay, por favor, Peter, no empieces con tus melodramas familiares. Ya ella está sepultada, tres metros bajo tierra, para que yo esté pidiendo perdón a estas alturas. Por eso te has quedado soltero. ¡Por necio!

—¿Qué estupideces dices? ¿Olvidas cuántas relaciones fracasadas has tenido en tu puta vida?

Kelso no miraba con asombro la tonta discusión que enfrentaba a ambos hermanos en medio de la peligrosa área.

—Señores, me perdonan por interrumpir su discusión familiar, pero creo que debemos avanzar. Aún no hemos llegado a El Guayacal.

—Disculpa, Kelso, tienes razón. Tenemos que llegar antes de que anochezca. Levántate Anayka, no podemos esperarte.

Anayka se levantó y los tres prosiguieron su marcha. Casas abandonadas, desechas por las inclemencias de los inviernos y las crudezas de los veranos, era el paisaje que podía verse a lo largo del trayecto, junto a cruces de madera enterradas sobre el terreno, torcidas algunas de ellas por el viento, daban signos de que los pueblerinos tuvieron que crear cementerios improvisados para sepultar a sus muertos.

—Así no era esto cuando llegamos la última vez —dijo Peter, reaccionando ante el cuadro de abandono y soledad que estaba ante sus ojos.

—Ya nada es igual desde hace años Señor Peter. Como les he dicho, en la profundidad de estos suelos hay un pasado enterrado que está emergiendo para recobrar su lugar.

—¿Qué ocurrió con El Guayacal que conocí hace unos años?

—La nueva generación de jóvenes, señor Pedro. Hoy día no creen en reglas, ni en el respeto. Estos muchachos de hoy se han olvidado hasta de Dios. Por eso han sido presa fácil de…

—¿Podemos continuar, señor Kelso? —preguntó Anayka en tono irónico, tratando de impedirle al nativo continuar su relato—. Tenemos que llegar antes de que oscurezca. ¿No es lo que nos dijo?

—Tiene razón, hay que avanzar.

Kelso dirigió su mirada hacia las copas de los intimidantes árboles. Su desarrollada audición como todo hombre del campo, lograba escuchar un chocante sonido entre las ramas.

—No podemos detenernos más. Los cuervos han empezado su graznido. Eso es el aviso de que el sol está por ocultarse tras las montañas.

—¡Entonces, sigamos! —exclamó Peter empezando a mover sus pies sobre el trecho—. Esto me está poniendo un poco nervioso.

Los fastidiosos cuervos que brincaban sobre las ramas de los árboles, hacían mucho más irritante el viaje. Las pérfidas aves se proclamaban custodias de los peregrinos.

El sonido de martillazos sobre metal detuvo la marcha de los tres.

—¿Qué es ese ruido? —preguntó Peter, alarmado.

—Mantengan la calma. Ese ruido proviene de aquella vieja estación del ferrocarril —respondió Kelso señalando una abandonada caseta a veinte metros de donde estaban.

Anayka dio unos pasos, colocándose frente a ellos.

—¿El ferrocarril dice usted, señor Kelso?

—Así es. El viejo ferrocarril de Mr. Dawson, que Dios lo tenga en la gloria.

—"Dawson Railroad Company". Claro que lo recuerdo. De haber existido aún, nos hubiéramos ahorrado esta caminata. Ya no aguanto los pies.

—¿Quién está martillando allí dentro? —preguntó Peter.

—Efraín Montes, sin dudas. Uno de los trabajadores que más permaneció en esa compañía. Después de que la clausuraron, no ha dejado de venir diariamente a darle mantenimiento a la estructura.

Peter empezaba a poner a trabajar su memoria. Aquel nombre le era familiar.

—¿Y por qué lo hace? ¿Está loco o qué? —consultó Anayka.

—No está loco. Su esposa murió dos meses después del cierre de la compañía. La soledad lo trae aquí. El viejo Efraín no ha podido despegarse de sus recuerdos.

Anayka avanzó unos diez metros, dirigiéndose hacia la abandonada estación.

—¿Qué haces, Anayka? ¡Regresa!

Kelso palmeó la espalda de Peter.

—Tranquilo. El viejo Efraín es un buen hombre. Vamos, no hay nada que temer.

Al llegar se encontraron a un anciano agazapado dentro de la antigua máquina del tren. Kelso lo llamó en voz alta para que lo escuchara.

—¡Don Efraín!

El viejo se levantó, removiendo el aceite negro que cubría sus arrugadas manos y su rostro con un trapo igual de mugriento.

—¡Kelso! Viejo amigo. No te había visto desde el entierro de tu padre. ¿Qué te trae de vuelta a este lugar?

—Don Efraín, estoy ayudando a estas dos personas a encontrar a un familiar desaparecido.

Peter se adelantó para estrecharle la mano al anciano.

—Mucho gusto. Mi nombre es Pedro Javier Robledo y ella es mi hermana Anayka.

—¿Pedro y Anayka? ¿Los nietos de Ágatha?

—Sí, ¿la conoció usted? —preguntó Peter.

—¡Claro! Fue muy amiga de mi difunta esposa. Recuerdo cuando en la quebrada ustedes se lanzaban de la gran roca. Estaban muy pequeños, tú y tu hermana…

El anciano se toma unos segundos para recordar algo. Todos quedan a la espera de lo que va decir.

—Perdonen, ¿dónde está su primo Alan? ¿Aún está en el hospital de locos?

La pregunta del viejo Efraín tomó por sorpresa a ambos hermanos.

—Escapó, don Efraín. Hace seis meses. Por eso estamos aquí —respondió Anayka.

El hombre volvió a tomar unos segundos para pensar.

—Sabía que iba a escapar de ese manicomio, ¡lo sabía! Él no estaba loco. Siempre supe que ella lo ayudaría a escapar. Alan viene a salvarnos, lo sé. ¡Alan viene a salvarnos!

Todos se sorprendieron por la extraña reacción del anciano. Anayka le tomó las manos; era extraño en ella. Su muestra de compasión era inusual.

—Don Efraín, nuestro primo Alan no estaba muy bien de la cabeza —mascullló—. Todo lo que contó fue una locura. Él escapó por sí solo.

El anciano le sujetó muy fuerte la mano y clavó sus ojos en los de ella.

—Jamás, dudes de la existencia de la maldad que aquí ocurrió. ¡Mi esposa murió en manos del poder del demonio mismo!

—Discúlpeme, señor, pero…

—¡No me hables con palabras bonitas! —interrumpió el viejo—. En El Guayacal no importa de dónde vengas, ni quién eres, ni qué tan inteligente puedes ser. Lucifer es capaz de llevarse al infierno a quienes también dudan de su existencia.

Kelso retiró la mano del viejo Efraín que aún prensaban las de Anayka.

—Calma, don Efraín, todo está bien.

—Creo que es hora de irnos, Kelso —advirtió Peter.

Anayka no salía del asombro. Sintió por un momento que el anciano quería lastimarla. La culpa que sentía Kelso por lo sucedido, se marcaba en su rostro.

—Tenemos que retirarnos, don Efraín. Se nos hace tarde y queremos llegar a El Guayacal antes de que anochezca.

—Me disculpan por lo que acabo de hacer. A mi edad, cualquier viejo solo y viudo en estas montañas se volvería loco.

El anciano regresó a la cabina de su atesorado tren. Se volteó hacia ellos con lágrimas sobre sus mejillas.

—Extraño mucho a mi amada Silvina. Nunca debí vender la tienda en Arreiras, ¡nunca! Ese lugar lo era todo para ella. Me culpo cada día por eso.

—¿Dijo usted, Silvina? ¿Silvina Rojas? —interrumpió Anayka al escuchar aquel nombre.

—Sí, así se llamaba mi esposa. ¿Por qué lo preguntas?

—Antes de partir de Arreiras, visité una tienda llamada "La Salvación" y una señora con ese nombre me atendió y estaba un perro allí, no recuerdo muy bien su nombre. Y no dejaba de tratar de atacarme.

—¿Chaky? ¿Así era su nombre?

—¡Exacto! ¡Ése! ¡Chaky!

—Eso es imposible, señora. Mi esposa Silvina murió hace muchos años. Fue atacada por una jauría de coyotes en medio del bosque Changüira. Nuestro perro Chaky murió por defenderla de esas bestias…

El anciano se tomó unos segundos para reponerse del triste recuerdo que se proyectaba en su memoria. Luego de aquel lapso silente, retomó su relato.

—Además, el hombre a quien le vendí la tienda la abandonó y la tiene cerrada desde hace cinco años.

—No, no puede ser. Podría jurar que alguien con ese nombre me atendió. Incluso sabía mi nombre. Además puedo comprobarlo. Aquí tengo la bolsa de los víveres que compré.

Revisó su maleta pero no encontró nada. Solo ropa y sus enseres.

—¡No puede ser! ¡Yo compré varias cosas allí! No estoy loca. Peter, señor Kelso, ustedes vieron cuando subí al bote la bolsa de la tienda.

—Disculpa, hermana, solo te vi llegar con tu maleta. Esa que no has soltado desde que montamos el bote.

—Señor Kelso, usted sí la vio, ¿verdad?

—Lo siento. No recuerdo la bolsa de la que habla.

—Es mejor que se retiren de inmediato. No tardará en ocultarse el sol —previno don Efraín—. Y no les recomiendo que la noche los sorprenda.

—¿Lo dice por el espíritu de Hipólita? —preguntó Anayka, con una leve sonrisa.

El escepticismo de Anayka era visible. El anciano la tomó del brazo, dándole una leve sacudida.

—Veo en tu cara que te parece gracioso lo que hablo, ¿no es cierto? Ahora te pregunto: ¿dudas de la oscuridad que existe en este lugar?

El silencio se incrustó por instantes entre ambos y él continuó la advertencia.

—Recuerden que es Jueves Santo y que a la medianoche de hoy… el Guayacal no será el mismo. Aún les queda cruzar el camino prohibido. Sobre los troncos de los árboles pueden verse huellas que dejó mi compañero Sebastián cuando fue arrastrado al infierno por el padre Paco. ¡Que Dios tenga piedad de ustedes!

—Vamos, tenemos que avanzar —interrumpió Kelso.

—Antes que se retiren, quería decirte algo, Anayka.

—Soy todo oídos, señor.

—Nuestro perro Chaky tenía un don especial. Era capaz de olfatear la maldad… y la traición.

—Pues, que lástima que ya no esté vivo. Gusto conocerlo Señor Efraín.

Mientras reanudaban su peregrinaje hacia El Guayacal, Peter se mantuvo pensativo. Anayka se dio cuenta de que algo se agitaba tras la quietud de su hermano.

—¿Te pasa algo, Peter? ¿Te preocupa lo del camino prohibido?

—No, fue su nombre. Aparece en el diario de Alan. Efraín Montes trabajó junto a Samuel y a Sebastián. Incluso el nombre de su cuñado, Manuel Rojas.

—¿Y qué piensas? ¿Qué todo lo que está en ese diario es real? —sonrió—. Por Dios. Peter, ya olvídate de ese bendito diario. ¡Te vas a volver loco! Él utilizó todos los nombres que la abuela Ágatha mencionaba en sus historias. Así que no me extraña que haya hecho su propia versión de lo que en verdad pudo haber pasado en El Guayacal.

—No sé si me volveré loco como Alan, pero estoy más que seguro que su diario no miente. Parece como si todos los personajes que menciona allí, han cobrado vida y no es una versión de él como dices.

Kelso se mostraba intranquilo al ver que comenzaba a oscurecer.

—Aceleremos el paso, señores. Ya está oscureciendo y no creo que sea buena idea cruzar el camino prohibido cuando caiga la noche.

11
LA VISITA

Jueves Santo de 1973,
Los Rosales, ciudad de Marciagas

La espera era insoportable. Para el pequeño Alan, las horas que faltaban para la medianoche parecían eternas.

Sus pensamientos llenos de ansiedad y desesperación, se multiplicaban por segundos como una infecciosa bacteria enquistada dentro de su pequeño cerebro.

Su cómoda cama se había convertido en un sólido y duro petate para su espalda. Todo era producto de su ahogo y exasperación psicológica.

Esther equipó la mente del huésped de elementos aterradores.

Para un niño de doce años como Alan, estas dos palabras combinadas, "posesión diabólica", para nada mitigaban el pánico interno que lo consumía.

A veces le sobrevenía la idea de escapar de la casa que lo albergaba, o de echar a correr y gritar ¡auxilio! en las angostas calles de Los Rosales. Pero, ¿qué podía justificar su huida? ¿Qué explicación podía dar? ¿Que una mujer iba a ser poseída por un espíritu maligno? ¿Y en Viernes Santo? ¿Que lo mantenían encerrado robándole la oportunidad de visitar a su madre moribunda en el hospital?

Un cúmulo de preguntas le hizo descartar toda posibilidad de escape.

El muchacho no era tan tonto como para dejarse arrastrar por el miedo y cometer el mismo error dos veces. La experiencia después de lo ocurrido con doña Cheba en la cabaña fue su mejor maestría: *jamás reveles a un adulto, tus temores; y mucho menos cuentes qué tan terribles y perturbadoras son tus pesadillas. Sin pensarlo dos veces, dirán que estás loco.*

Tendrá que enfrentar sus miedos solo, como lo hizo meses atrás.

Un ligero *déjà vu* pasaba ante sus ojos y lo turbó unos segundos. Experimentó el mismo efecto que sintió en El Guayacal… curiosidad y miedo.

—¿Cómo será un exorcismo real? —preguntó en voz baja.

Alan había tenido la visión de uno, pero solo a través de los ojos del gato de Cheba. Jamás frente a frente.

Las horas galopaban al tiempo que su mente se iba preparando para lo que estaba por venir. La medianoche aguardaba su oportunidad para saltar sobre Los Rosales con su mantilla sombría. Pero aún faltaban seis horas para ese momento.

El inmenso ropero de roble antiguo, que estaba frente a la cama, despertó en Alan una extraña fascinación desde su llegada.

Bajó de la cama poniendo sus pies descalzos sobre el piso de mosaicos blanco con negro.

Un magnetismo incomprensible empezó a atraer a Alan hacia el anticuado mueble de dos puertas.

Parecía contar cada uno de los pasos que daba para acercarse. Había pasado prácticamente toda su estancia en aquella casa caminando de puntillas. Como si todo lo que le rodeaba estuviera prohibido para él, manteniéndolo alejado de todo contacto.

Abrió ambas puertas al unísono.

El polvillo que expelía el interior del mueble se esparció por todo el cuarto. Al parecer no se abría desde mucho tiempo antes.

Evitaba soltar el estornudo. Contuvo un segundo el estallido tapando su boca para no llamar la atención de nadie. El fuerte olor del alcanfor era penetrante.

Sobre ganchos de ropa, colgaban largos trajes grises con faldas acinturadas hechas de fino lino. Algunos lucían estampados de flores. Era claro que pertenecían a otra época, muy lejos de estar a la moda de los setenta.

Alan los miró uno a uno. Mantuvo su nariz cubierta con la mano izquierda, evitando aspirar el fuerte olor a "guardado" que se desprendía de los anticuados trajes de mujer.

Debajo de una pila de cajas de zapatos, Alan tomó una que había llamado su atención. Estaba decorada con algunas conchas de mar de diferentes colores y tamaños. La sostuvo en sus manos con mucho cuidado para no dejarla caer. Se sentó en el suelo, recostándose sobre el inmenso armario. Levantaba la tapa con meticulosidad. En el interior de la caja, con sus dedos, removió unos cuantos carretes de hilo y bolas de lana.

—¡Auchh!

Alan se pinchó el dedo índice con un objeto puntiagudo dejando marcado un pequeño punto rojo. Lo chupaba para detener el sangrado. En el instante que secó el dedo con su camiseta, una pieza metálica más al fondo de la caja encandiló sus ojos. Era tan brillante que apenas le permitía abrir los párpados.

¡Toc, toc, toc!

Alguien venía a interrumpir el fisgoneo del pequeño.

—¿Todo está bien, Alan?

Era la voz del Dr. Villaverde. Al parecer, el grito por el pinchazo llamó su atención.

—Sí, Dr. Villaverde. Todo bien.

Con celeridad cerraba la caja y la devolvió al armario. Una de las pequeñas conchas decorativas cayó al suelo sin que Alan se diera cuenta.

—¿Puedo pasar? Tengo buenas noticias de tu madre.

Un par de segundos después de escuchar la última frase del psiquiatra, Alan ya tenía la puerta abierta.

El Dr. Villaverde puso su mano sobre la cabeza de Alan y le agitó suavemente el cabello.

—Sabía que te ibas a alegrar, muchacho. Escuché un grito y pensé que te había pasado algo.

A pesar de las buenas nuevas que traía el doctor, el pequeño se mostraba inquieto ante el hallazgo dentro del armario.

—Entonces, ¿puedo pasar para contarte cómo sigue la salud de tu madre?

—Disculpe, Dr. Villaverde. Claro, pase. De todas maneras, esta es su casa, no la mía.

—Gracias.

Con altivez y arrogancia entró el psiquiatra al cuarto sentándose sobre una poltrona que estaba a un lado de la cama. Alan se mantuvo de pie, impaciente por recibir el primer informe sobre el estado de su madre. Quería explotar con todo tipo de preguntas, pero la presencia de su psiquiatra lo intimida como era común.

—¿Cómo está mi mamá, Dr. Villaverde?

—Me alegro que lo hayas tomado con calma. Tienes que estar tranquilo. Dorothy está fuera de peligro. Tu madre es una mujer muy fuerte.

—¡Quiero verla! ¡Quiero estar con ella!

—Siento decirte que por ahora no podremos visitarla. Fue trasladada al Hospital Especializado de Marciagas.

—Pero, ¿por qué? ¡Usted dijo que está bien!

El Dr. Villaverde trataba de apaciguarlo tomándolo del brazo.

—¡Suélteme! Ya estoy harto de que me tome así del brazo. ¡Me hace daño!

—¡Escúchame, Alan! ¡A tu madre tuvieron que llevársela porque necesita médicos especiales!

—¡Le digo que me suelte! ¡Quiero ver a mi mamá!

—¡Tu madre puede quedar inválida!

Alan frenó abruptamente el forcejeo. Un destello empezó a aflorar de sus ojos, dejando deslizar un par de húmedos hilillos que desembocan dentro de sus labios.

—¿Qué dijo?

Villaverde bajaba el tono de su voz y tomó una actitud más mediadora.

—Alan, tu madre tuvo un fuerte golpe sobre su columna. Fueron múltiples fracturas. Pero lo importante es que estará en un lugar donde los médicos la atenderán mucho mejor. Y además… está con vida.

Alan se lanzó hacia los brazos de Villaverde, buscando sosegar su dolor al escuchar la delicada condición de su madre.

—¡Dr. Villaverde, no quiero que muera mi mamá! —dijo mientras gimoteaba sobre los hombro de su psiquiatra.

—Lo sé, Alan. Yo tampoco quiero que eso ocurra. Le tengo un cariño muy especial a tu madre. Ella se pondrá bien. Estará en buenas manos. Confía en mí. Tú tía Elba se va a encargar de todo allá en Marciagas. Esta será tu casa mientras tu madre se recupere.

—¿Mi madre le dijo algo? ¿Pudo hablar con ella?

—Sí, Alan. Dorothy me dijo que no dejaras de rezar la oración que te enseñó. Y que no pierdas las esperanzas.

—Sí, es una plegaria que rezamos cada noche antes de acostarnos.

El pequeño se mostraba más relajado. Las palabras de Villaverde habían dulcificado su ansiedad.

—¡Marcos! —interrumpió la señora Ruth asomándose al cuarto—. Disculpen, no quería interrumpirlos.

—No te preocupes, ya iba a dejar solo a Alan para que descanse.

—Solo quería decirte que el padre Peregrino ya está aquí. Nos espera abajo en la sala.

Al escuchar el nombre del sacerdote, Alan empezó a temblar de forma repentina. La señora Ruth y el Dr. Villaverde notaron la extraña reacción del muchacho.

—¿Qué te ocurre? —preguntó Villaverde—. Estás temblando.

—¡No quiero estar aquí! ¡Quiero irme a otro lado!

La señora Ruth se acercó al pequeño Alan y se inclinaba frente a él.

—No tienes por qué temer Alan. Aquí estarás bien.

Se por qué el padre Peregrino ha venido a esta casa. ¡Es por Esther! Lo sé.

—Sí, es por nuestra hija Esther —contestó la señora.

—¡Ruth, por favor! —interrumpió Villaverde.

—No te preocupes, Marcos. Si esta será su casa por varios días, él tiene que saber lo que ocurre. ¡Tiene que saber la verdad!

—¡No empieces con tus tonterías de demonios y posesiones diabólicas! Vas a asustar al…

—¡No diga esa palabra, por favor! —ordenó Alan cubriendo sus oídos con las manos.

—¡Mira lo que haces! ¡Tú eres el que lo está asustando!

Un grito aterrador provino del cuarto de Esther.

—¡Dios mío! ¡Ya empezaron sus pesadillas! —alertó la madre, corriendo hacia el pasillo.

—No salgas del cuarto, Alan. Mantente aquí hasta que se retire el sacerdote, ¿me escuchaste?

—Sí, Dr. Villaverde, co-co-mo usted ordene.

Antes de que el psiquiatra abandonara el cuarto, el pequeño le consultó algo que le revolvía la mente desde que llegó a esa casa.

—Disculpe, Dr. Villaverde.

—Dime Alan.

—Este cuarto, ¿a quién perteneció?

Un suspiro profundo se desprendió del doctor antes de responderle al pequeño.

—Pertenecía a mi madre.

—Manuela Contreras, ¿verdad? Por eso la "C" en sus diplomas.

—Así es. Y tienes suerte de que permanezcas en su habitación. Puedes sentirte protegido por ella.

—Lo sé.

—Cerraré la puerta y no salgas. Creo que es mejor que te des un baño y te acuestes a dormir. En el baño hay un cepillo de dientes sin abrir. Lo puedes usar.

—No se preocupe. No creo que pueda pegar los ojos en toda la noche.

—Ya te lo dijo Ruth, no tienes de qué preocuparte.

Al momento que se proponía cerrar la puerta de la habitación, Villaverde miró al suelo, concentrando su atención en la pieza decorativa que estaba frente al armario.

—¿Qué es lo que está en el suelo? ¿Una concha?

El rostro del doctor cambió. Mantuvo el ceño fruncido hasta que lo recogió.

Como un maniquí en estantería, Alan quedó inmóvil. Solo sus pupilas se desplazaban lentamente de un lado a otro siguiendo cada movimiento de su analista.

—¿Has estado escudriñando las pertenencias de mi madre? —preguntó imperioso mientras sostenía en sus manos la pieza marina.

—No, Dr. Villaverde. Jamás haría tal cosa. Es más, ni sabía que eso estaba en el suelo.

Villaverde incrustaba una mirada letal en los ojos de Alan. La tensión que experimentó el pequeño lo obligaba a cerrar sus puños tan fuerte, que tomaron un color rojizo.

—Te creo —dijo Villaverde mientras volvía la cordial expresión a su rostro.

En ese instante, al oír esas dos simples palabras, Alan expulsó todo el aire retenido en sus pulmones.

—Desde que murió mi madre, no hemos vuelto a tocar ninguno de sus "tesoros" como ella les llamaba. Jamás dejaba que nadie abriera su viejo armario. Y eso lo respetamos. Por cierto, tu tía Elba te ha enviado ropa. Podrás ponerla dentro de la cómoda que está al lado de la cama.

—Gracias Dr. Villaverde. No se preocupe. No abriré el armario de su madre. Veo que era muy religiosa por los rosarios que cuelgan en cada esquina de la habitación.

—Esa era la discusión que tenía con ella todo el tiempo. Me decía que mi carrera como psiquiatra me alejó de los asuntos de Dios.

Se tomó un tiempo para contemplar el dormitorio de su madre, como si los recuerdos aún estuvieran impregnados en cada rincón.

—Pero, bueno. Es mejor que vaya a ocuparme de Esther. Descansa Alan, y disculpa si he sido intolerante contigo estos dos días. La verdad que lo de Esther nos tiene muy preocupados.

—No se preocupe, Dr. Villaverde. Lo entiendo.

—Ya puedes dejar de llamarme Dr. Villaverde todo el tiempo —sonríe—. Por estos días formarás parte de esta familia. Un "señor Marcos" que me digas de vez en cuando no caería nada mal.

—Como usted diga. Dr. Villa… perdón: señor Marcos.

—Descansa, Alan —se despidió cerrando finalmente la puerta del cuarto.

Entretanto, abajo, en la inmensa sala del hogar de los Villaverde, el padre Peregrino Collado aguardaba, junto a la señora Ruth, la presencia del Dr. Villaverde para tomar la decisión de subir a la habitación de Esther.

—Ya mi esposo está por bajar, padre. Disculpe la demora. Es que tenemos visitas y nuestra hija acabó de tener otra de sus pesadillas.

—No te preocupes, Ruth —dijo el sacerdote quien sostenía un maletín de madera—. Aún tenemos unas horas para hablar sobre todo el proceso que le practicaremos a tu hija.

—Buenas noches, padre —saludó el Dr. Villaverde mientras bajaba las escaleras con su arrogante y peculiar manera de caminar.

Ruth se levantó del sillón nerviosa. La presencia de su esposo la intimidaba. El padre Peregrino notó la angustiosa conducta de la mujer.

—Padre Collado. Le presento a mi esposo, el Dr. Villaverde.

—Un gusto conocerlo, doctor. He escuchado mucho de usted.

El presuntuoso psiquiatra estrechaba su mano y examinó de arriba a abajo el hábito negro del sacerdote y el crucifijo sobre su pecho.

A pesar de la actitud desdeñable con que analizaba al religioso, no logró importunarlo.

—Así que usted es el conocido padre Peregrino Collado. Vaya sorpresa. Lo imaginé un anciano. Como está de moda la película "El exorcista", me imaginé que era alguien con esa apariencia.

—¡Marcos! Más respeto al padre Collado.

—No tengas cuidado Ruth, entiendo que tu esposo piense que quienes hacemos este tipo de servicios religiosos somos unos vejestorios. Pero a mis cincuenta y siete años, he vivido experiencias inimaginables como cualquier viejo presbítero.

—Eso he escuchado. En El Guayacal hay historias fantásticas de usted y de su padre, quien lo adoptó siendo muy pequeño. Germán Salas si no me equivoco.

—Está en lo correcto querido hermano. La experiencia que viví con él me hizo entregar mi vida al Señor. El Guayacal necesitaba una limpieza espiritual. Alguien tenía que devolver la fe a ese lugar plagado de maldad. Y allí me mantendré hasta que Dios me llame a estar a su lado.

Continuaba la ansiedad de Ruth. La presencia de su esposo ante el sacerdote la mantenía en una congoja perenne.

—¿Puedo ofrecerle un café padre? —preguntó mientras friccionaba sus manos temblorosas.

—No me caería nada mal, gracias.

—Se lo preparo en seguida, padre.

Tanto el sacerdote como el analista, sabían que la retirada de Ruth a la cocina daba la oportunidad de tener una abierta plática sobre el estado de Esther.

—Disculpe padre, pero imagino que mi esposa le ha contado mi forma de pensar sobre este tipo de ritos. No soy un hombre apegado a los dogmas religiosos. La ciencia es mi única religión.

—La ciencia y la religión Dr. Villaverde, muchas veces van de la mano. En el caso de su hija Esther, es tan importante su diagnóstico como psiquiatra, como la mía como siervo de Dios.

—Me alegro que lo diga. Mi esposa se aferra a que nuestra hija está poseída por fuerzas diabólicas. Mis análisis arrojan que Esther padece de un trastorno mental transitorio, igual que su madre cuando tenía su edad. Todo parece que es un mal heredado.

—No dudo de su capacidad profesional doctor. Pero solo es el punto de vista científico. Falta el espiritual. En muchos casos este tipo de manifestaciones, como la que su esposa me ha contado, pueden ser consecuencias de la falta de fe y por el aumento de prácticas esotéricas, magia y ocultismo.

—Pero mi hija jamás ha tenido ese tipo de prácticas. Es un poco rebelde pero más nada.

—Ruth me habló de una extraña muñeca que Esther encontró con su difunta madre a orillas del río Cabral… en El Guayacal.

—¡Desde que esa muñeca llegó a esta casa, empezaron los problemas de Esther! —exclamó Ruth, quien regresaba de la cocina con el café sobre una bandeja.

—¡Ese ha sido el verdadero problema entre tú y yo, Ruth! ¡Piensas que esa maldita muñeca de trapo es la culpable de todas nuestras discusiones y la locura de nuestra hija!

—¡Estás ciego por no creer en nadie! ¡Solo hablas de tus estúpidos libros de Psiquiatría que han sido las únicas biblias en donde encuentras tu verdad!

—¡Por favor, hermanos! ¡Esta no es la forma de solucionar el problema de su hija!

Los esposos Villaverde detuvieron la discusión al escuchar la reprimenda del religioso.

—Perdone, padre, usted nunca debió haber venido. Mi esposa cometió un error en hacerle venir de tan lejos. Nuestra hija no tiene ningún tipo de demonio adentro ni nada que…

—¡Diooosssss mío sálvame!

Aquel grito que provenía del cuarto de Esther, cortaba las palabras de Villaverde.

—¡Es Esther, padre! ¡Volvió a tener sus pesadillas!

—¡Tenemos que proceder de inmediato!

—¿Está seguro de lo que va hacer, padre? —consultó Villaverde, aún dudando del ritual.

—Estoy tan seguro de mi Dios, como lo está usted de su ciencia Dr. Villaverde. ¡Subamos!

Los alaridos incesantes de Esther eran aterradores. Podían escucharse a metros de distancia. Las casas vecinas, acostumbraban a cerrar sus ventanas al oír los gritos cada noche.

Los tres ya estaban dentro del cuarto de Esther. El osado sacerdote observaba detenidamente cada detalle de la habitación. Era inevitable percibir la atmósfera espesa y coagulada. La luz de la lámpara que colgaba del techo, subía y bajaba su intensidad. Latía como un corazón débil a punto de sufrir un paro cardíaco.

Sobre la cama, y con los ojos cerrados, Esther continuaba teniendo sus pesadillas. Se retorcía de tal forma que logró desprender la cobija dejando el colchón al descubierto.

—Necesito que ambos me ayuden —dijo el sacerdote mientras abría su maletín de madera—. ¿Tienen sogas?

—Sí, padre —aseguró Ruth, quien salió apresurada y regresó pocos segundos después—. Guardamos unas para atarla y así evitar que se haga daño.

—Su crisis se agrava los Viernes Santo como me comentaste, ¿verdad Ruth?

—Así es —interrumpió el Dr. Villaverde, quien se mantenía a cierta distancia—. Ella cree que su cuerpo es tomado por el espíritu de otra mujer solo ese día. Pero mi análisis…

—¡Olvídate ya de tus análisis de mierda! ¡No tenemos tiempo! —reclamó Ruth en un ataque de desesperación, al ver que su esposo no movía un dedo para colaborar.

—Esto hay que tomarlo con mucha calma —dijo el cura mientras se colocaba la estola sobre su cuello, que había besado y santiguado al sacarla de su maletín.

—Siempre he sentido algo maligno en este cuarto, padre Peregrino —susurró Ruth girando sus ojos alrededor de la habitación—. Que Dios nos proteja…

—¿Vas a empezar con tus palabrerías? —preguntó Villaverde en un tono burlón.

—Sé que no es un hombre de fe, Dr. Villaverde, pero tenga más respeto con su esposa. Al menos yo también merezco un poco de consideración como servidor de Dios, ¿no cree?

—¿Dios dice usted? ¿Dónde está? Mire a su alrededor padre. ¿Qué ve? Maldad, gente que se mata entre sí. Allí está mi hija. Usted cree que si Dios existiera, ¿ella estuviera así?

—Dios puede tener una forma muy extraña de mostrar su amor hacia nosotros. Pero Él nos da la libertad de…

—¿La libertad de qué? ¿De curar? ¿De extirpar un tumor? ¿Qué haría el enfermo sin el médico? ¿Qué sería el mundo sin que genios como Pasteur o Fleming hubieran creado el milagro de la curación? ¿Qué sería de aquellos perturbados de la mente que muchas veces se resisten al suicidio clamando mi conocimiento para acallar las voces que resuenan en sus cabezas?

Tomó un segundo para limpiar sus anteojos con un pañuelo que sacaba del bolsillo de su traje, y continuó.

—Creo en el hombre y la mujer, padre. Los de carne y hueso; no en una imagen inerte sobre un madero…

—¡Marcos! —reclamó Ruth.

—Déjalo hablar, hermana. Me interesa mucho saber qué opinión tienen los hombres como el Dr. Villaverde que juegan a ser dioses.

—Mi madre murió de una enfermedad incurable, ¡cáncer! Estuvo postrada en su cama por casi siete años. Ella rezaba día y noche aferrada a una cruz de plata para que Él… le hiciera el milagro.

Hizo otra pausa para colocarse los anteojos. A través de los espejuelos podía verse cómo sus lágrimas pincelaban los ojos de congoja brillantez.

Ruth y el padre Collado solo escuchaban. Le daban oportunidad a su desahogo. A expulsar el dolor que se había alojado por mucho tiempo en el interior de su alma, y que luchaba con el peor de los adversarios… su orgullo.

—¿Dónde estuvo Dios ese día, padre Peregrino? ¿Sabe qué tenía mi madre en sus manos cuando dio su último suspiro en aquel cuarto al final de pasillo? —continuó mientras miraba sus manos que trepidaban de furia—. ¡Llagas! Sí padre. Llagas que le fueron provocadas por aferrarse a esa cruz en sus últimos años de vida.

Villaverde desviaba la mirada hacia los ojos sobresaltados del sacerdote, y prosiguió.

—Y al final… ¿qué hizo el Dios de usted y el de mi esposa para salvar a mi madre? ¡Dígame!

El padre caminó hacia él, y le puso su mano sobre el hombro.

—¿Y qué hizo el "hombre" por ella Dr. Villaverde?

El doctor guardó silencio. La inesperada pregunta puso punto final al acalorado debate.

—¿Nos ayuda doctor, por favor?

—Claro, padre, dígame qué puedo hacer por mi hija.

—Tenemos que atar muy fuerte las muñecas de sus manos. No teman en apretarlas mucho. Sé que ya lo han hecho. Pero no está de más recordarles que de no ser así, podía hacernos daño durante el ritual.

Con los brazos extendidos, amarrados cada uno de ellos a los extremos del barandal de la cabecera de la cama, estaba Esther cual condenada sobre una cruz de madera en las colinas del Gólgota. Su cabeza oscilaba sobre el cuello como el péndulo de un viejo reloj. El largo cabello caía como cascada sobre su rostro. Sin embargo, sus ojos se mantenían cerrados en medio de un sueño profundo. Estaba en un estado de trance.

—Durante sus convulsiones, ¿menciona algún nombre? —preguntó el sacerdote mientras buscaba los salmos en su Biblia que se exigen para el ritual.

—Cada medianoche entrando el Viernes Santo, su cuerpo es de otra persona. Habla diferente y sus ojos, ¡no son los de ella, padre! —contestó Ruth con la voz temblorosa—. Gracias a Dios su fuerza no ha logrado soltar las ataduras.

—Pero, ¿quiero saber si pronuncia algún nombre? —insistió el sacerdote.

—¡Hipólita Carvelo! —contestó Villaverde.

—¿Hipólita?

El párroco, mostrando su enojo al escuchar el nombre, se volteó hacia Ruth.

—¿Por qué no me habías comentado sobre Hipólita Carvelo?

—Perdone, padre, supe de la experiencia que vivió con ella hace muchos años y temí que no quisiera...

—¡Debiste haberlo contado! —reclamó—. Hipólita Carvelo es un espíritu muy poderoso que cobra vida cada Viernes Santo. Es hija del ángel del infierno, Lavernus. ¡Un ser oscuro y diabólico!

—Ella menciona ese nombre, Lavernus —recordó Villaverde—. Aparece siempre en sus pesadillas.

—Yo solo no podré con ella. Pero ya no hay tiempo para buscar a mis ayudantes hasta la parroquia. Tendrán que ser ustedes.

—Pero aún no podemos estar seguros de que sea una posesión diabólica, padre —dijo el psiquiatra, quien mostraba cierta aprensión a los procedimientos.

—Tiene toda la razón doctor, pero hay que estar preparados. Hoy a la medianoche saldremos de la duda —dijo mientras sacaba un crucifijo y un frasco de agua bendita de la valija de madera.

—¿Qué hacemos ahora, padre? —preguntó Ruth persignándose.

—Esperar, simplemente esperar —respondió el cura, a un lado de la cama de Esther.

Entretanto, arropado de la nariz para abajo como un insecto dentro de su crisálida, Alan también se mantenía a la espera de la medianoche sobre la cama. Era la hora que todos aguardaban al unísono en la morada de los Villaverde.

El reloj de péndulo que colgaba de la pared del cuarto marcó las once y treinta de la noche. El vaivén de los ojos de Alan registraba cada segundo que se desmenuzaba con el pasar de las horas.

Alan no parpadeaba.

Una brisa helada se coló a través de la ventana que permanecía abierta todo el tiempo.

Su cobija no era suficiente para impedir que la fría ráfaga se infiltrara friccionando su piel. Su cuerpo empezaba a temblar. Un extraño halo luminoso comenzó a bordear su cama. Alan se mantenía petrificado ante el tenebroso destello que lo acorralaba. Hizo el intento de gritar. Pero le era imposible emitir o dejar escapar algún sonido a través de sus cuerdas vocales. No podía moverse. Apenas era capaz de respirar. Estaba en un estado cataléptico.

En ese momento, Alan escuchó la voz sollozante y susurrada de una mujer que provenía de la luz.

—*Alan, busca dentro del armario. La salvación está en tus manos...*

El arrullador destello, se transformó en una imagen amorfa que se desplazaba sobre el suelo hasta llegar al antiguo armario. Se mantuvo frente al mueble unos segundos, como si le perteneciera en un pasado.

El niño, con la respiración entrecortada, no dejaba de contemplar cada movimiento del espectro luminoso.

En segundos, la fantasmal y blancuzca luz era absorbida por el interior del armario, haciéndola traspasar la puerta.

Un movimiento repentino de las manos de Alan, incluso involuntario, logró descobijarlo.

Había recuperado la motricidad de su cuerpo. Bajaba muy despacio de la cama y dio unos pasos sobre sus calcetines de algodón.

Se persignó.

—Dios, dime que era un ángel —masculló mientras seguía dando pasos hacia el viejo armario—. Mi madre siempre ha dicho que los ángeles son buenos. Dime que era el ángel de doña Manuela.

Alan se situó frente al misterioso guardarropa de madera.

—Le prometí al Dr. Villaverde no tocar nada de este cuarto. Aunque sí lo había hecho. Pero aquella luz creo que me ha invitado a entrar. ¿Por qué lo haces Dios? ¿Por qué vuelves a poner mi curiosidad por encima de mis miedos? ¿Qué habrá dentro de esa caja?

Volteó su mirada hacia el reloj colgado en la pared.

—¡Dios mío! Solo faltan cinco minutos para la medianoche.

—Alan, tienes que hacerlo ahora —hablaba consigo mismo, tratando de convencerse—. Abrió ese armario para sacar la caja. Algo debía tener adentro…

No lo pensó más. Abrió la puerta del armario tan rápido como pudo y sacó la pequeña caja que había tomado unas horas antes.

—Dios, dime que lo que está dentro de esta caja no es lo que imagino. De ser así, estaré en un gran problema, ¡y lo sabes!

Al otro lado, dentro de la habitación de Esther, el padre Peregrino estaba preparado para iniciar el rito.

El Dr. Villaverde observó su fino reloj de pulso.

—Ya son las doce medianoche, padre.

—Lo sé, doctor. Ya es la hora.

Ruth empezaba a inquietarse. Podía verse el movimiento de su garganta al tragar la saliva. De sus manos pendía un rosario de cuentas de madera con una cruz plateada al extremo. Se persignaba tres veces con él. Luego, unió sus manos rezando en voz baja de tal forma que solo dejaba escapar un leve silbido a través de sus labios, mientras pronunciaba cada súplica.

—Necesito que no le dirijan la palabra en ningún momento durante el ritual. Primero tengo que salir de dudas, que lo que padece Esther, no es por causa natural.

—¿Quiere decir un trastorno mental, como lo he dicho todo el tiempo? ¿No es cierto? —inquirió presuntuoso el psiquiatra.

—Correcto. Es parte del rito. A pesar que todas las manifestaciones que me han contado aseguran que se trata de una posesión diabólica, tengo que hacerlo.

—¿Dónde está la muñeca de la que hablaban? indagó el cura—. ¡La necesito!

—Esther solía guardarla dentro de ese armario —dijo Ruth—. Pero algo extraño ha ocurrido en los últimos años... la muñeca solo puede ser vista por ella.

—Eso es lo que dice nuestra hija, Ruth —interrumpe Villaverde—. Quizás se la dio a esa niña que decía ver en su ventana. Pero, ¿para qué la necesita, padre?

—Los malos espíritus se materializan a través de objetos sobre todo muñecos o juguetes. Se ocultan dentro de ellos. Quienes estén en contacto con alguno de estos refugios del mal, quedan expuestos a ser poseídos por el huésped maligno.

En ese instante, la luz de la lámpara empezaba a titilar hasta apagarse totalmente. La oscuridad enfundó la habitación.

—¿Qué ocurre padre? —preguntó Ruth al ver el cuarto negro. Su voz se escuchaba temblorosa.

—Mantengan la calma. Recuerden no manifestar ningún tipo de miedo. Eso aviva el poder del huésped.

En pocos segundos, la luz retornó.

—¡Santo Dios! —gritó Ruth dando unos pasos hacia atrás, hasta pegar su espalda a la pared. Sus manos temblaban mientras se hacía la señal de la cruz.

Sobre el colchón de la cama, apareció la muñeca harapienta con el rostro deforme. Sus ojos vaciados le daban una apariencia pavorosa y perversa.

Esther abrió sus párpados. Las pupilas blancas como la nieve y su rostro macilento, podían verse a través de la cortina de cabello que caía sobre su rostro.

Movía su cabeza de un lado a otro, como un depredador búho en el bosque acechando a su presa.

Observaba a cada uno de los que se hallaban frente a ella. Aquella mirada abominable, atestada de odio y aversión, se dirigía hacia sus ataduras. Luego volteó a ellos, haciéndolos sentir como testigos y verdugos de su tortura.

—Esther, ¡hija! —exclamó Villaverde acercándose a la cama muy cauteloso.

—¡Les dije que mantuvieran silencio! —reclamó el sacerdote poniendo su mano en el pecho del doctor, evitando que se aproximara a Esther—. ¡Permanezcan donde están hasta que les pida lo contrario!

—Recuerden, es importante no mostrar ningún tipo de miedo —continuó la advertencia mientras se colocaba al lado izquierdo de la cama.

Esther luchaba por soltarse de los amarres.

El sacerdote extendió su brazo derecho para colocarle sobre la frente un crucifijo que empuñaba.

—¿Cómo te llamas? —preguntó el representante de Dios.

Una macabra sonrisa se trazó sobre los labios de Esther. Luego dejaba escapar una sarcástica carcajada.

—Tú lo sabes mejor que nadie Peregrino.

—Te repito. ¿Quién eres? —continuó indagando el sacerdote manteniendo el tono de serenidad.

—¿Te olvidaste de mí tan rápido? Yo aún recuerdo tu amado caballo, Peregrino. Cimarrón se llamaba, ¿verdad?

El tono de voz grave de Esther era indescriptible. Incluso en los rostros de Ruth y su esposo, se evidenciaba que aquella voz no pertenecía a su hija.

—¿Cuál es tu nombre? —insistió el sacerdote.

—¡Soy Hipólita! ¡Maldito hijo de puta! ¿No me reconoces?

—No eres Hipólita. Eres Esther. Hija de Ruth y Marcos Villaverde.

—¿No recuerdas cómo te cagabas de miedo cuando me viste en el cementerio con el malparido de Germán Salas?

Los ojos del padre Peregrino, empezaban a colmarse de lágrimas. No podía controlar el temblor de la mano que sujetaba el crucifijo.

—¿Qué pasa, Peregrino? ¿Te hice recordar algo?

—¡Yo te ordeno! ¡Espíritu infernal! ¡En nombre del Ser Supremo! ¡Te ofrezco si me obedeces, pedir a Dios por ti! ¡Para que seas purificada y llevada a donde habitan los ángeles celestiales! —imploró el padre.

La luz volvió a parpadear. La muñeca se desplazaba sobre la cama, deslizándose hasta llegar al pecho de Esther. Como si hubiera cobrado vida.

—¿Quieres la muñeca, Peregrino? ¡Tómala! ¡Está sobre mis senos! ¡Mírala, sobre mis suaves y blancos senos! Ven por ella…

—¡Yo te ofrezco, si me obedeces, rogar a Dios por ti!

—¡Lárgate con tu Dios a otro lado y déjame seguir viviendo en el pecado!

En ese instante, el padre Peregrino detuvo el rito. Ruth y el psiquiatra se sorprendieron por la extraña reacción del sacerdote.

Esther prosiguió su burlesca carcajada.

—¿Qué pasa, padrecito? ¿Te acordaste cuando les dije esas palabras aquel Viernes Santo? ¡No tienes poder sobre mí, Peregrino! ¡Eres igual de pecador como lo fue Germán Salas y el maldito padre Paco!

El padre Collado ignoró las provocaciones y prosiguió el ceremonial.

—¡Yo, como siervo de Dios y criatura suya, desligo el espíritu maligno que te tiene atada!

—¡Maldito hijo de puta! ¡Tú y Germán fueron cómplices de mi muerte!

—¡No es cierto! ¡No eres Hipólita Carvelo!

—¡Yo sabía todo lo de Agnes y el pervertido padre! Los vi muchas veces revolcarse en las aguas del Cabral. ¿Recuerdas lo que te hizo también? ¿Cuántas veces fueron Peregrino? ¿Una? ¿Dos?

—¡Cállate! ¡Mientes!

—¡Jamás quisiste delatarlo! ¡Germán también lo sabía! Pero claro, como era el "impoluto" padre Francisco Paco Morelos, le eran perdonadas todas sus perversidades. Él mandó a sus hombres para matarme. Para callarme Peregrino. Aquel Viernes Santo me condenaron, ¡todos ustedes!

—Padre, ¿qué está ocurriendo? —consultó Ruth al escuchar a Hipólita a través del cuerpo de su hija.

—¡No la escuchen! Trata de engañarnos. ¡Dios grande y poderoso! ¡Sea tu nombre glorificado! ¡Con tu poder, obliga a retirar el espíritu maligno que posee este cuerpo!

—¡Engañaron a todo un pueblo haciendo ver que tu Dios me había castigado! ¿Quiénes fueron los verdaderos pecadores? ¡Dime, maldito huérfano!

—¡Espíritu del mal, yo te ordeno que te separes en el acto de este cuerpo que estás atormentando! ¡En el nombre del Padre, del Hijo y del Espíritu Santo! ¡O de lo contrario, serás amarrada con las cadenas del Arcángel Badael!

Esther hizo una pausa y desfalleció de forma súbita.

El Dr. Villaverde y Ruth aún no salían del asombro por lo que estaba ocurriendo ante sus ojos.

—¿Qué sucedió, padre? —preguntó el analista.

—La fuerza del mal no pudo vencer el poder de Dios.

—Pero, ¿por qué esto no había ocurrido antes? ¿Y de esta forma? —consultó Ruth.

—Porque el huésped maldito nunca había sido confrontado. Se había mantenido pasivo. Pero ahora, ha sido sometido por supremacía del…

El cura no terminaba de proferir aquellas palabras, cuando Esther levantó su cabeza y la giraba hacia el emisario de Dios.

—¡Maldito! ¡Jamás subestimes el poder de Lucifer!

Esther logró soltar las ataduras de sus manos. Se abalanzó hacia el cura tirándolo al suelo.

Sus dedos pulgares presionaron los ojos del sacerdote hasta hacerlos estallar. Las manos de Esther se tiñeron de rojo, cubiertas por la sangre.

—¡Dios mío! ¿Qué has hecho, Esther? —gritó Ruth al ver la atrocidad cometida por su hija.

En el suelo, aún sobre el cuerpo agónico del padre Peregrino, Esther miraba a ambos a través del cabello adherido al sudado rostro. Sus pupilas cambiaron a un color ennegrecido, relumbrando como la ardiente brea fundida.

El Dr. Villaverde corrió a proteger a su esposa.

—¡Esther! ¡Tu madre y yo te llevaremos a un sitio donde podrán curarte! ¡Te lo prometo!

—¿Prometer? ¿Tú haciendo promesas, Marcos Villaverde? ¿Promesas como las que le juraste a tu esposa Ruth? ¿Por qué no le cuentas de tus pecaditos con tus pacientes? ¿Eh? ¡Anda, habla!

—¿De qué está hablando ella, Marcos?

—No hagas caso a lo que dice. ¡Esther se ha vuelto loca!

—Anda, ¡cuéntale tu vergüenza! ¡Tu gran mentira!

—¡Tú no eres nuestra hija! ¡Eres una hija del demonio dentro de su cuerpo! —gritó el analista, mientras envolvía con sus brazos a Ruth.

—¿Cómo?, ¿tan rápido cambiaste de opinión? ¿Ahora sí aceptas que existo? ¿Dónde está la ciencia de tus libros?

—¡Cállate! ¡Mientes para tratar de confundirnos! ¡Eres una maldita condenada del infierno!

—¿Infierno? ¿Ahora también crees en el infierno? ¡Eso es lo que ha vivido tu mujer todos estos años!

Ruth se apartó de su esposo con cierta repugnancia.

—Entonces, ¿es verdad lo que muchos rumoraban en la ciudad?

—¡Ruth, no hagas caso de lo que dice este demonio!

—¡Siempre lo supe, pero yo de estúpida no quería aceptarlo!

La lengua del psiquiatra, parecía haber sido secuestrada. Su silencio admitió la culpa, aunque todo el tiempo fuera un secreto a voces.

—¡Llegó el momento de tu juicio, Marcos Villaverde! —gritó Esther, acorralando al atemorizado analista hacia uno de los vértices de la habitación—. ¡El infierno ya tomó su veredicto! ¡Culpable! ¡Perdió la ciencia, doctor!

Ruth intervino en su defensa colocándose en medio de ambos.

—No le hagas daño, Hipólita, o quien rayos seas. Mi esposo tiene derecho a ser perdonado. Así es la ley de Dios.

—¿Eres capaz de sacrificar tu alma, por la mierda que tienes como esposo?

—Si tu dios del averno lo condena, entonces cumpliré el castigo junto él. Yo fui la culpable de su pecado…

Al otro extremo, al final del pasillo, era imposible que Alan no pudiera escuchar lo que ocurría.

Un grito aterrador que provenía de la habitación de Esther, alteró al pequeño, seguido de otro mucho más fuerte que lo obligaba a pedir ayuda a través de la ventana enrejada.

Se oyó el crujir de una puerta abrirse. Alan intuyó que era la del cuarto de Esther.

Alguien se acercó a su puerta. Alan fue corriendo hacia ella para ponerle el cerrojo. De inmediato regresó a asomarse por la ventana.

—¡Auxilio! ¡Necesito salir de aquí! ¡Por favoooor! ¡Alguien quiere matarme! —los gritos de Alan parecían desvanecerse en el aire.

Algo golpeó muy fuerte detrás de su puerta.

—¡Abre! ¡Sé que estás allí!

Era Esther, que intentaba abrir de cualquier forma. Alan observaba cómo la manija de la cerradura se movía de un lado a otro. La puerta se estremeció por las patadas que recibía. Después de varios intentos, logró tirarla abajo.

—¿Dónde te escondes, Alan? —preguntó mientras veía el cuarto vacío.

En sus manos sangrantes, sostenía la maltrecha muñeca.

—Puedo escuchar tu respiración... *y puedo oler tu miedo.*

Un sutil estornudo, se escapó del antiguo armario y Esther se aproximaba a él. Se asomó por una pequeña rendija de la puerta entreabierta. Alan estaba allí dentro. Podía ver cómo los ojos sombríos de la maligna lo perseguían a través de la angosta ranura.

—Ya te puedo ver, pequeño. ¿Sabes que te irás conmigo al infierno también?

—¡Déjame en paz! ¡Sé quién eres! ¡Sé de lo que eres capaz! ¡Y también conozco a qué le temes!

Esther abrió la puerta del armario muy despacio.

—¿Esto es lo que buscas, Hipólita? —preguntó Alan mientras salía de forma sorpresiva del guardarropa.

Con su brazo erguido y empuñando una refulgente cruz de metal, la obligaba a retroceder. Ella cayó al suelo, retorciéndose al sentir el gran poder que esparcía el radiante talismán. Se arrastró hasta salir del cuarto como un animal malherido.

Alan volvió a arrinconarse dentro del armario con las puertas cerradas. Aguardó en silencio. Aquel lugar se convertía, por las siguientes cinco horas, en su trinchera... su búnker protector.

El calor lo sofocaba. Tanto tiempo dentro del anticuado mueble con olor a alcanfor, lo exasperaba. No resistía un segundo más en la guarida.

En su cabeza, resonaban voces que lo hacían salir de aquella fortaleza de madera. Como si comandos internos controlaran los impulsos de su mente. La presión ejerció su cometido. Alan abandonó el armario.

Ya amaneció. Los rayos del sol, tamizados por las cortinas de la ventana, esclarecieron la habitación. Alan caminaba hacia el pasillo. La atmósfera silenciosa era escalofriante. El pequeño percibió que algo malo había ocurrido dentro de la casa de los Villaverde. Su instinto lo conducía hacia el cuarto de Esther.

Se percató de que la puerta estaba abierta. Una fuerza invisible parecía tirar de él desde el interior de la alcoba, atrayéndolo a sus fauces. Pero simplemente era el estímulo inconsciente que lo llamaba a descifrar lo que ocurrió allí dentro.

Entró. Una corriente fría corrió por el cuerpo de Alan al descubrir lo que se hallaba adentro. Su semblante palideció. No estaba seguro si lo que ocurría era realidad, o una pesadilla. Lo recibieron dos cuerpos que yacían tendidos boca abajo sobre el suelo, flotando en una laguna de sangre. Eran los de los esposos Villaverde. Sus cabezas estaban rotadas hacia atrás mirando hacia el techo. Ambos cráneos reventados, mostraban signos de haber sido lanzados contra una superficie sólida. En toda la habitación, había esparcidos restos de sufrimiento. Se podía sentir en el aire… el olor de la muerte.

Alan vio las suelas de sus zapatillas pringadas de sangre. Intentaba escapar de la encarnizada escena, pero sus piernas se volvieron torpes y hacían que patinara sobre el charco rojo hasta caer. Pataleaba tratando de levantarse. Por más que apoyaba sus manos para erguir su cuerpo, volvía a desmayar sobre el cenagal sangriento. Después de tres intentos, logró ponerse de pie. En ese momento, sintió que algo extraño abanicaba su mollera.

"No mires hacia arriba Alan, por favor", le advirtió su conciencia.

Alan ignoraba su voz interior y levantó la mirada. Descubrió que lo que estaba rozando su cabello eran los pies de Esther, cuyo cuerpo colgaba del techo balanceándose como péndulo.

Una mano lo aprisionó por el tobillo. Alan se dio cuenta que era el padre Peregrino implorando por ayuda.

—¡Sus ojos, padre! —gritó el pequeño al ver vaciadas las cuencas del sacerdote.

—¡Pide ayuda, muchacho! —suplicó el padre Peregrino con voz agonizante.

Alan en su ingenuidad, vacilaba en tomar la decisión de huir o ayudarlo. El cuerpo débil del párroco, por la sangre que había perdido, le impidió levantarse por sí solo.

—Lo voy a sacar. Apóyese en mí padre.

—No podrás levantarme. ¡Mejor busca ayuda!

Alan siguió la instrucción del sacerdote y se fue de la habitación dando gritos.

Los vecinos al ver al pequeño correr con sus ropas teñidas de sangre, dieron el llamado a las autoridades quienes a su llegada, acordonaron todo el perímetro del hogar de los Villaverde.

El padre Peregrino Collado fue llevado al hospital de Marciagas aún con vida. Mientras que Alan quedó a la custodia de su tía Elba.

Tres días habían pasado desde el horrendo crimen en Los Rosales. La noticia consternó a todo el país. La forma brutal de los asesinatos mantenía un desasosiego entre los residentes del lugar. Los titulares de los diarios publicaban en sus encabezados: "*Un Viernes Santo sangriento*".

No se habían revelado los hechos aún. Pero para muchos, todas las evidencias apuntaban a Esther Villaverde como la autora intelectual del parricidio. Su conocido y desequilibrado estado mental la convertían en la principal sospechosa.

La Policía local, junto al Departamento de Investigación de Marciagas, iniciaron las investigaciones. El primero en ser interrogado fue uno de los dos que lograron salir con vida del confuso y aterrador hecho, Alan Sambrano.

El pequeño era visitado en el hogar de su tía por Ulises Molina, un joven policía de aproximadamente veinticinco años, alto, de tez morena y recién asignado al Cuartel de Los Rosales. Junto a él estaba Ramiro Ordóñez, un investigador de mediana edad y con una dudosa reputación. Había sido implicado en muchos escándalos políticos, pero jamás le comprobaron tales acusaciones. Ambos fueron conducidos por la señora Elba hasta la habitación donde se encontraba Alan, acostado sobre la cama y cubierto con la sábana de pies a cabeza. Parecía no desear ningún tipo de visitas.

—Hola, Alan. Soy el Sargento Molina, y él es el investigador Ordóñez. Queremos hablar contigo unos minutos únicamente —masculló.

—¡No quiero hablar con nadie! ¡Lárguense! ¡Quiero estar solo en mi cuarto!

—Déjenme hablar con él un momento —dijo su tía Elba acercándose a Alan.

Sentado a su lado sobre la cama, la señora Elba le descubría, muy sutilmente, parte de la sábana que le tapaba el rostro.

—Alan, sé que estás muy asustado por lo que ocurrió —le susurró muy cerca al oído—. Pero debemos cooperar con los oficiales. Quiero que salgamos de todo esto para poder ir a visitar a tu madre.

Los ojos de Alan, relumbraron de gozo al escuchar las palabras de su querida tía.

—¿Podré ver a mi mamá después de que hable con ellos?—preguntó sollozando.

—Te lo prometo.

Alan asistió con su cabeza aceptando la propuesta. La señora Elba se levantó de la cama para acercarse a ambos visitantes y les habló en voz baja.

—Voy a estar en la sala por cualquier cosa que necesiten. Les pido que tengan mucha paciencia con mi sobrino. Solo tiene doce años. Estos últimos días han sido muy impactantes para él. No me imagino cómo no se ha vuelto loco.

—Pierda cuidado señora. No haremos nada que perjudique emocionalmente al pequeño.

—Se los agradezco. Con su permiso, los dejo solos con él.

Afuera, en la sala, le aguardan sus hijos Peter y Anayka, quienes se mostraban preocupados por el estado de Alan.

—Muy bien. Quiero qué me cuentes que fue lo que ocurrió en la casa de los Villaverde. Dime todo lo que recuerdas de esa noche —indagó el investigador Ordóñez dentro de la habitación y a puerta cerrada.

—¡Ella los mató! —gritó Alan, exasperado.

—Con calma, Alan, no te inquietes. ¿De quién me estás hablando?

El pequeño testigo tomaba un aire para tranquilizarse.

—Hablo de la asesina de los Villaverde.

—¿Lograste ver que era una mujer? —intervino perplejo el oficial Molina.

—Sí, ella intentó matarme a mí también. Y sé su nombre.

—Es importante para nosotros, Alan, que estés seguro de tu declaración —aclaró Ordóñez.

—Estoy muy seguro de quién fue. Su nombre es Hipólita, Hipólita Carvelo.

El Sargento sonrió mientras se le acercaba al oído, como si fuese a contarle un secreto.

—Escucha niño —susurró—. Sé quién eres y conozco todas tus historias sobre ese pueblecito. Así que no juegues conmigo mencionando el nombre de una mujer que murió hace muchos años, y que incluso muchos dudan que haya existido.

—¡No miento! Su espíritu entró en el cuerpo de Esther, la hija de los Villaverde. ¡Ella lo hizo!

—Te repito, muchacho. De tu boca vuelve a salir ese nombre y te juro por mi Santa Bárbara de los Milagros, que haré que te metan en un hospital de locos como el de la isla Arreiras.

—Cálmese Molina. No asuste al muchacho. Déjeme manejar esto a mí —ordenó el investigador.

—Disculpa Alan. Solo queremos que nos cuentes la verdad de lo que viste ese día.

—Le juro que no miento. El espíritu de Hipólita, se escondió dentro de una muñeca que pertenecía a una niña llamada Ñeca y…

Alan frena su relato. Algo viene a su memoria.

—¡La muñeca! ¡La muñeca quedó en la casa de los Villaverde! ¡Hay que buscarla!

La paciencia del Sargento Molina, llegó a su límite.

—¡Niño de mier...!

Alguien abrió la puerta sin tocar, interrumpiendo el agitado interrogatorio.

—¿Pasa algo? Escuché una discusión —preguntó la señora Elba.

—Nada, señora. Fui yo que me exalté un poco.

—Recuerde que se trata de un niño. No es mucho lo que mi sobrino puede aportar. Él estuvo todo el tiempo encerrado dentro de un armario. El sacerdote puede darles mucho más información de lo que ocurrió.

—Sí, el oficial Manjarrez ya se dirige al hospital en busca de su declaración —contestó el Sargento—. El pobre cura ya está saliendo de peligro. Su confesión será de mucha ayuda para este caso. Pero su sobrino es un testigo importante también.

—Lo sé. Es parte del procedimiento. Entiendo algo de estas cosas. Los dejo para que terminen su trabajo —dijo mientras volvía a salir de la habitación.

El Sargento Molina giró su mirada hacia el pequeño Alan.

—¿Estás asustado, muchacho?

—Sí, pero no por ustedes, sino por la muñeca. ¡Tienen que encontrarla!

—¿De qué muñeca está hablando este niño? —preguntó Ordóñez dirigiéndose a Molina.

—¿Puedo hablar con usted un segundo? —consultó el oficial llevando al investigador a una esquina del cuarto.

—¿Qué ocurre? —masculló Ordóñez.

—Señor, este es el pequeño loquito, hijo de la señora Dorothy, ¿lo recuerda?

—Claro. El que dice haber visto cosas a través de los ojos de un gato —cuchicheó al oído de Molina.

—Correcto.

—Entiendo lo que me quiere decir. Terminemos con este interrogatorio. Este crimen tenemos que resolverlo cuanto antes. El fiscal Rivera me tiene las pelotas hinchadas. Quiere un informe completo de los testigos. No creo que el muchacho pueda aportar mucho si no vio nada. Lo que me preocupa es la prensa que ha estado investigando por todos lados. Saldré para hablar con la tía del niño para que no dé ningún tipo de declaraciones a los medios. Usted, mientras, quédese con él.

Ordóñez salió de la habitación. Molina regresaba con el pequeño Alan.

—Escucha bien, Alan. Olvídate de la estúpida muñeca y de la muertita de Hipólita. ¿Está claro?

—Sí, oficial. No contaré nada de lo que le dije, a nadie, ¡lo juro!

—Muy bien dicho. Así dejarán de decirte "el loquito" de Los Rosales, y no te encerrarán en un manicomio. Te dejo solo para que hables con tu conciencia o con los monstruos de tus cuentos —dijo el oficial con una sarcástica sonrisa en su boca mientras abandonaba el cuarto.

Alan se mantuvo en silencio dentro de aquella habitación, tiritando bajo la sábana como si una corriente de hielo revistiera su cuerpo. Pero simplemente era el miedo que lo aprisionaba con las ataduras del desasosiego, y por los recuerdos perturbadores que habían ocurrido en sus minúsculos años de vida.

La promesa hecha por la tía Elba, de volver a los brazos de su madre, avivaba en él la esperanza de que los días por venir serían mucho más imperturbables. Al menos era lo que Alan imaginaba…

12
LA DESAPARICIÓN

20 de abril del año 2000,
Cerro Abadón, El Guayacal

La piel de la noche del jueves Santo recubrió de tenebrosidad cada tramo de camino que llevaba a Peter, Anayka y Kelso hacia El Guayacal.

Pero primero tenían que cruzar el sendero, que a pesar de los años, seguía escondiendo muchas leyendas macabras que aún ponían a temblar a quienes transitan por sus límites; el camino prohibido.

Sus linternas iluminan la travesía con la misma intensidad que las halógenas de un auto todo terreno.

Kelso hizo una señal con sus manos para que se detuvieran.

—¿Están seguros de que quieren cruzar por este sendero? —preguntó el nativo con cierto recelo.

—Recuerdo que la abuela Ágatha nos prohibía visitar este lugar —dijo Peter mientras dirigía su linterna hacia el siniestro camino—. Es tal cual como lo describe Alan en el diario. Los ramales de los árboles que lo bordean, parecen ser vigilantes del mito.

La profundidad del sendero se veía inacabable. Como si la oscuridad se perdiera en el horizonte del túnel amurallado por los inmensos árboles de copas holgadas. Las ramas entrelazadas parecían manos unidas formando un arco colosal en la entrada.

—¿Qué estamos esperando para continuar? —preguntó Anayka quien avanzaba sin temor a la tenebrosa apariencia del lugar.

—Un momento, señora Anayka. Podemos tomar otro camino menos peligroso.

—¿Cuál Señor Kelso? ¿Uno que nos retrase una hora más? No sé ustedes, pero yo tomaré por este lugar. Además, ¿qué carajo nos puede pasar?

—La leyenda del padre Paco aún se mantiene viva por este camino. Muchos de los últimos crímenes se dieron aquí.

—Pero según la historia que cuenta Alan, dice que después de la muerte de la hechicera Murgabia en manos de Badael, todas las maldiciones se rompieron —afirmó Peter.

—En los escritos de los *guay-yakis*, se habla del ascenso de las almas infernales al inicio de cada milenio. El destierro de los demonios solo perdura mil años.

—¿Qué clase de locura habla usted, Kelso?

—No es una locura señora, fue un perverso acuerdo hecho por Antinos, uno de los líderes guerreros que estaba en contra de las creencias de Changüira Verceo. Antinos, en desacuerdo con la división de su tribu, pactó con Lavernus el rey del fuego, la ascensión de los entes del mal el primer Viernes Santo de cada milenio. A cambio de aquel convenio, Lavernus le prometió a Antinos entregarle la supremacía de los guay-yakis, y acabar con la vida del gran Verceo.

—Y Murgabia fue enviada por Lavernus para destruir a Verceo, ¿no es cierto? —aseveró Peter, cautivado por el relato.

—Así es. Antinos reinó…

Kelso hace un abrupto intervalo y se percata de que Anayka no estaba detrás de ellos.

—¿Y la señora? ¿Dónde está? —preguntó el nativo.

Ambos se dieron cuenta de que Anayka había desaparecido. Alumbraron con sus linternas de un lado a otro y no encontraron rastros de ella.

—¡Anayka! ¡Anayka! —ambos gritaban al unísono.

Algo hacía estremecer las copas de los árboles. Como si un animal salvaje acechara sobre sus cabezas. El crujido de las ramas a través de la espesura, los alertaba de que el ser extraño los observa.

Por más que dirigían sus linternas hacia los arbustos, aquello se movía muy rápido.

—¡Kelso, qué carajo está ocurriendo! ¿Dónde está mi hermana? ¿Qué es lo que se mueve entre la maleza?

—¡Tenemos que salir de aquí! ¡Corramos hacia el pueblo!

—¡No voy a abandonar a mi hermana! ¡Anayka! ¡Anayka!

Peter buscó algo dentro de su mochila. Sacó un arma de fuego y disparó dos veces al aire.

—¡Dios santo! ¿Qué hace, señor Peter? —gritó Kelso, arrebatándole el arma de las manos—. ¡Tenemos que huir de este sitio!

—¿Y Anayka? ¿Qué ocurrió con ella? ¡Anayka!

—¡Lo siento, señor Peter, no sé qué responderle! Lo único que sé es que estamos a unas horas para que llegue la medianoche. Todas las maldiciones están cobrando vida. ¡Tenemos que continuar! Debemos encontrar a su primo Alan.

—¡No puedo abandonar a mi hermana en este lugar!

—¡Es mejor que pidamos ayuda en el pueblo!

A unos cuantos metros de donde se encontraban, apareció una mujer cubierta con un manto oscuro. Era imposible ver su rostro. Por más que ambos hombres orientaban sus linternas hacia la misteriosa aparición, era difícil saber de quién se trataba.

—¡Es la mujer del manto, señor Peter!

El grito de espanto que salió de la boca de Kelso, hizo que la mujer se ocultara tras los matorrales.

—¡Vamos a seguirla Kelso!

—No es buena idea. Ella nos está obligando a perseguirla para perdernos en medio del bosque. Sigamos, ya estamos a unos metros del pueblo.

Peter, no muy convencido, accedió a la petición de Kelso y ambos corrieron sin detenerse a través de sendero prohibido. Aquella extraña mujer sobre los arbustos, había desaparecido de manera furtiva.

Llegaron hasta la iglesia Santa Bárbara de los Milagros, que estaba abarrotada de feligreses. En su interior, las luces de las velas iluminaban el hogar sagrado como si pequeñas estrellas hubieran bajado del firmamento a bendecirlos con su luz. Cada devoto, sostenía una en sus manos, implorando por la redención del pueblo. El clamor era coreado con tal fragor, que podía sentirse el palpitar de las paredes de la capilla.

Al fondo en el púlpito, el sacerdote, cuyos ojos estaban sellados por una marcada cicatriz, acompañaba a sus parroquianos en la oración.

—Es el padre Peregrino Collado, ¿cierto? —preguntó Peter al oído de Kelso, quienes ya se encontraban dentro de la iglesia detrás de una multitud de devotos.

—Sí, sus ojos fueron arrancados por el demonio de una mujer. Según cuentan, ocurrió durante un exorcismo que realizó hace muchos años en Los Rosales.

—Conozco lo que ocurrió. Mi primo Alan estaba en aquella casa de los Villaverde esa noche.

—Lo que sucedió con esa familia fue obra del diablo. La mano de Dios ayudó al padre Collado para que saliera con vida.

—Necesito llegar hasta donde está él. No puedo esperar.

Peter cruzó la gran muralla humana para poder acercarse al sacerdote. Kelso trataba de detenerlo.

—Señor Pedro, ¿qué diablos cree que hace?

Entre empujones, Peter logró aproximarse a la tribuna donde dos sacristanes secundaban al padre Peregrino.

—¡Me disculpan todos! —gritó Peter, tratando de llamar la atención.

Se apagaron las voces dentro del templo. Todas las miradas de los parroquianos apuntaban hacia Peter. Kelso, quien se mantuvo abajo entre la gente, no tenía la mínima idea de lo que el hermano de Anayka quería hacer.

—Mi nombre es Pedro Javier Robledo Sambrano. Pensarán que es un sacrilegio lo que estoy haciendo al interrumpir sus rezos pero, en verdad, necesito de su ayuda. Mi hermana Anayka acaba de desaparecer dentro del "sendero prohibido".

Los murmullos entre los presentes no se hicieron esperar.

—Sé que muchas historias hablan de quienes no logran cruzarlo, jamás son encontrados —continuó Peter—. Soy de la ciudad, pero creo mucho en las leyendas pueblerinas, bueno, demasiado debo decir. No sé si lo que está afuera viene del infierno, pero de lo que estoy seguro, es que mi hermana ha desaparecido.

—¿Y por qué pensar que ha desaparecido, y no que huyó de algo? —infirió el viejo sacerdote con voz débil y fatigada.

Perplejo, Peter parecía no estar de acuerdo con la conjetura propuesta por el párroco.

—Conozco a mi hermana, y ella no tiene ninguna razón para escapar. Además, ¿qué puede conocer usted de ella?

—Más de lo que te imaginas, Peter —aseveró el padre Peregrino, desgranando palabras de forma apacible—. Puedo estar ciego, pero fueron muchas las cosas que vi con estos ojos sellados por la misma hija del demonio.

El anciano sacerdote se tambaleaba un poco al recordar el pasado. Los dos sacristanes lo tomaron del brazo para mantenerlo de pie.

—Mario y Gabriel, continúen con la misa, quiero descansar un poco. ¿Me ayudas a bajar Peter? Tú y yo tenemos que conversar. Llévame afuera.

Con dificultad para desplazarse de un lugar a otro, y como si contara cada paso a su andar, el padre Peregrino guio a Peter hasta una banqueta de piedra que se encontraba debajo de un árbol de naranjo fuera de la iglesia.

Peter intuyó que el cansancio del sacerdote fue una excusa para poder hablar a solas con él.

Las plegarias de los devotos podían escucharse a lo lejos, como melodías celestiales, llevadas a través del aire por la ligera brisa noctámbula.

—Padre, no entiendo qué me quiso decir dentro de la iglesia. ¿Qué ocurrió con mi hermana en aquel sendero?

—Peter, conozco este lugar como nadie. Y más que cualquiera de las personas que viven aquí. Conocí a tu abuela Ágatha. Sé el pasado y el presente de El Guayacal. Muchos han muerto llevándose a sus tumbas secretos inimaginables.

El padre hizo una breve interrupción en su relato para toser. La flema rujía dentro de su pecho tan fuerte como el tronar de la tormenta. Peter pudo sentir la avanzada afección respiratoria que padecía.

—¿Se encuentra bien, padre?

—Sí, Peter. No te preocupes. Solo quiero que estés preparado para lo que está por venir. Todo está escrito ya. Los originarios de este pueblo, así lo profetizaron. Incluso tu regreso a El Guayacal. Busca a Alan. Él vino a mí cuando huyó de aquel hospital.

—¿Dónde se esconde, padre? Algo me dijo en mi interior que Alan no estaba muerto. Mi hermana Anayka presintió su regreso a este lugar.

—Alan está vivo, Peter. Él volvió a la antigua cabaña en el medio del bosque. Me dijo que existe un sótano que descubrió allí dentro. Solo él lo conoce y dijo que en ese lugar se ocultaría. Yo le regalé unos caballos para que pudiera huir sin problemas.

—Jamás Alan habló de ese refugio en su diario.

—Él me contó que lo había escrito, pero fue avisado por alguien para que lo eliminara de su diario. Quería darte pistas Peter, pero escondió otras de alguien, y muy cercano a ustedes.

—Eso explica… las hojas arrancadas —dedujo Peter, esclareciendo algunas de las preguntas que giraban en su cabeza desde que leyó el diario de Alan.

Peter tomó unos segundos para ordenar algunos recuerdos en su mente.

—Pero… ¿quién le dio el aviso a Alan?

El padre Peregrino tomó aliento para continuar.

—Fue el fantasma de una mujer… la anciana Cheba.

El asombro en el rostro de Peter al escuchar aquel nombre, era evidente.

—¡Doña Cheba! Por eso Alan salió del hospital con el gato de esa anciana en sus brazos. Pero, hay algo que aún no entiendo. ¿Por qué esa mujer quiso ayudar a Alan? Era una mujer perversa.

—Cheba nunca quiso hacerle daño. Ella le dio la oportunidad de conocerse así mismo. De vencer sus miedos… y lo que representa él no solo para este pueblo, sino también para toda la humanidad.

—Pero, ¿por qué ella quiso ayudarlo?

—Algunas brujas son compasivas Peter. Pueden que sean mensajeras infernales con almas negras llenas de perversidad, pero hay algo que las puede volver vulnerables. Y es cuando perciben que alguien es más poderoso que ellas.

—¿Quién es Alan realmente, padre Peregrino?

En ese instante, el sacerdote sintió un fuerte dolor en el pecho que lo obligó a doblar su endeble cuerpo.

Mientras sus manos aprisionaban la zona pectoral, Peter lo tomó en sus brazos y pedía ayuda dando gritos hacia la iglesia.

Los primeros en llegar a socorrerlo fueron sus sacristanes Gabriel y Mario. Detrás de ellos, una veintena de parroquianos se persignaban pidiendo por su salud.

—Ya estoy mejor, muchachos. Fue otro aviso de este débil corazón que reclama un buen descanso —sonrió.

Kelso fue directamente hacia donde se encontraba Peter, quien se mantenía petrificado al ver la delicada condición del párroco.

—¿Que ocurrió, señor Pedro? ¿Qué habló con el padre que lo hizo ponerse así?

—Tenemos que buscar a Alan. Yo sé dónde se encuentra. Pero no recuerdo cómo llegar hasta allí.

El padre Peregrino, antes de ser conducido al interior de la capilla, le pidió a sus ayudantes que se detuvieran un segundo.

—Peter, sé qué no te he dicho quién realmente es tu primo Alan —dijo un poco agitado—. Pero creo que primero sabrás... quién es tu hermana.

Peter seguía congelado ante las respuestas a medias, que le eran reveladas.

—Otra cosa Peter...

—¿Sí, padre?

—Cuando encuentres a Alan, dile que El Guayacal... aún tiene esperanza en él.

—Pero, no recuerdo el camino para llegar a esa cabaña.

—Kelso te guiará. Él conoce todos los caminos de este pueblo. Llévale mi mensaje a Alan.

—Lo haré padre. Es una promesa. Aunque no termino de entender lo que sucede.

—Ya lo sabrás por ti mismo. Así tiene que ser. Ya llévenme adentro... quiero descansar.

Desconcertado, Peter trató de transcribir en su mente lo que el padre Peregrino le habló entre líneas.

—Tenemos que seguir. Kelso. Alan nos espera. Confiaré en que mi hermana está bien.

—No se preocupe. El padre Collado es un hombre sabio. Este lugar está lleno de misterios... y él los conoce todos.

—Aún sigo sin entender lo que quiso decirme sobre Alan.

—Sigamos. La medianoche está por llegar Señor Pedro.

13
EL ENCUENTRO

Hospital Especializado de Marciagas,
10 de abril de 1973

Tanto el juez Saúl Manrrieta, como el fiscal Valerio Agrazal, llegaron a la conclusión de que la joven Esther Villaverde, luego de asesinar a sus padres, el reconocido psiquiatra Marcos Villaverde y la señora Ruth Céspedes de Villaverde, se colgó dentro de su habitación. Unas cuerdas sirvieron como instrumentos mortales para sellar su destino final. Cerrando así, el horrendo capítulo en el caso de la familia Villaverde. El Sargento Molina declaró a este diario que...

—Bla, bla, bla. Estos periódicos, la verdad, a todo le hacen una novela —dijo Anayka mientras leía la noticia en voz alta en la sala de espera del hospital.

Alan se encontraba sentado en medio de ella y Peter, abatido. El horrendo incidente que vivió en casa de los Villaverde lograba bajar durante días el interruptor de su entusiasmo.

—Más que una novela, ¡parece una historia de terror! —exclamó Peter, haciendo una mueca ante Alan.

—No empecemos, Peter —advirtió su hermana.

—Tienes razón, perdóname, Alan.

Anayka tomó la mano de su atribulado primo, como una muestra de que a pesar de las diferencias que pudieron haber tenido en el pasado, el apoyo de la familia estaba por encima de cualquier orgullo.

—Ya vas a ver a mi tía Dorothy. Te sentirás mejor cuando hables con ella.

—Gracias, Anayka. Disculpa todas las cosas horribles que te dije aquel día en el consultorio.

—No te preocupes. Lo importante es que estamos juntos de nuevo. Como siempre. Cuando todo esto pase, me gustaría que regresáramos por unos días a la casa de nuestra abuela Ágatha.

El afligido rostro de Alan cambió en segundos. El terror empezaba a circular por su cuerpo. Sus manos temblaban de tal forma, que parecían agitar un par de castañuelas.

—¡No! ¡No quiero regresar a El Guayacal! ¡Nunca más!

Los recuerdos de El Guayacal cambiaron su estado de ánimo de inmediato. Las cicatrices aún no terminaban de sanar. Estaban allí, tatuadas en algún lugar de su cerebro.

—Disculpa, Alan, no fue mi intención hacerte recordar aquel lugar. Olvida lo que dije.

La tía Elba llegó en ese instante, interrumpiendo la plática.

—Ya puedes entrar, Alan —dijo ella mientras extendía sus manos hacia las de él—. La enfermera te acompañará hasta su cuarto.

Alan se mostraba nervioso. Dentro de él existía una mezcla de sentimientos y emociones que no era capaz de controlar. Su tía Elba se acercaba a él, y decidió darle una recomendación antes de que visitara a su madre.

—Dorothy está muy delicada. Hay que tratar que no hable mucho —aconsejó de forma apacible.

—Pero, ¿está muy mal?

—No Alan, solo que los doctores le recomiendan no fatigarse, ¿me comprendes?

—Sí, tía. Haré lo que tú digas.

—Y otra cosa. Tu madre no sabe nada de lo que ocurrió con los Villaverde. No queremos que sufra ningún tipo de impresión que pueda afectarla.

—No tienes por qué preocuparte, tía Elba.

—Estoy segura de eso. Ya puede llevarlo con su madre, enfermera.

Era difícil para Alan esconder la emoción que sacudía su interior mientras cruzaba el pasillo que lo llevaba al encuentro más anhelado. Fueron tantos días de espera para este gran momento. Sabía que era limitado el tiempo que tenía para hablar con ella así que, mientras caminaba, iba preparando en su mente una lista de preguntas precisas y puntuales.

—Ya llegamos, Alan —anunció la afable enfermera.

—¿Cuánto tiempo puedo quedarme?

—Solo diez minutos.

Ella se acercó a su oído izquierdo y le susurró:

—Pero no te preocupes, vendré a buscarte en veinte. Sé que tienes cosas que contarle a tu madre. Pero recuerda: No dejes que hable mucho, ¿está bien?

—Lo prometo, enfermera, gracias.

Silenciosamente, Alan entró a la habitación. Su corazón palpitó aceleradamente. No quería hacer el más mínimo ruido.

—Ya te escuché, hijo, ven, te estoy esperando.

Como una arrulladora canción de cuna, aquella dulce voz acariciaba sus oídos. No titubeó en correr a los brazos de su madre. Las manos de la señora Dorothy, de manera muy tierna, retiraron el cabello de la frente de su hijo. Ella contempló cómo las mejillas de su pequeño estaban barnizadas con lágrimas de ventura, dándole un brillo cándido a su rostro.

—Quiero ver tu cara, hijo. ¿Estás bien?

—Sí, mamá, te he extrañado tanto.

—Lo sé hijo. Tengo que agradecer lo que los Villaverde hacen por ti.

Alan inclinó su cabeza. Dorothy percibió que algo perturbaba al pequeño.

—¿Qué ocurre? —preguntó mientras que con su mano derecha, le erguía el rostro—. ¿Todo está bien en casa del doctor?

—Sí, mamá, todo está bien. Solo que…

—¿Qué cosa, hijo?

—Me siento culpable por lo que te ocurrió —contestó vacilante en su respuesta—. Por mi terquedad estás en esta cama llena de aparatos y esa botella con un tubo conectado a tu brazo.

Su madre lo cobijó en su pecho.

—No, mi pequeño. No te culpes por lo que ocurrió. Sé que jamás hubieras querido hacerme daño. Fue un accidente.

Su madre hizo una pausa. Cerró los ojos haciendo un gesto de dolor. Alan se inquietó.

—¿Te duele mucho, mamá? ¿Te encuentras bien?

—No te preocupes, hijo. Ese dolor va y viene. Sé que me prohíben hablar mucho por mi condición, pero vale la pena hacerlo por ti. No sé si tendré otra oportunidad de estar contigo.

—No hables así mamá. Tú no te vas morir. Te recuperarás pronto, vas a ver.

—Siempre tan optimista como tu padre. Él siempre…

En ese momento, Alan la interrumpió poniendo el dedo índice sobre los labios de su madre.

—No hablemos de él ahora, por favor.

—Cómo quieras. A ver, dime, de qué quieres que hablemos.

—De mí.

—No entiendo.

—¿Quién soy yo mamá? ¿Quién realmente es Alan Sambrano?

—Eres mi hijo. Mi grande y bello…

—Sin secretos, mamá. No más mentiras. Tengo doce años. Tengo edad para darme cuenta de muchas cosas que suceden a mi alrededor. Sé que tengo un don especial.

Su madre recostó su cabeza sobre la almohada, volteando el rostro al lado contrario de donde se encontraba su hijo.

—¿Por qué no me ves a los ojos, mamá? Siempre supe que creías en mis historias. Lo vi en tus ojos aquel día que contaba cada relato de lo que viví en esa cabaña.

Dorothy volvió la mirada hacia el rostro de su pequeño. Sus ojos colmados de lágrimas, hablaban por sí solos.

—Así es, hijo. No puedo seguir escondiendo la verdadera razón por la cual viniste al mundo.

—Dímelo, mamá —insistió con sollozos—. Dime que no soy un loco.

—No, Alan. Todo lo que viste en esa cabaña de doña Cheba… fue real.

Un profundo suspiro afloró desde muy adentro del alma de Alan. Las palabras de su madre, cayeron como escarcha nacarada, esparciendo sobre él una paz que no había sentido en mucho tiempo.

—¿Por qué yo mamá?

—Porque eres "el elegido". Alan, eres el escogido para traer la fe y la esperanza. Dentro de unos años, todo este lugar será un infierno. Tienes una gran tarea en tus manos. Hay un gran poder dentro de ti que desconoces.

—¿El elegido? ¿Un poder?

—Un poder que heredaste de tu verdadero abuelo. Él llevaba en su sangre ese gran poder.

—¿Del abuelo Nico?

—No, hijo. Tu abuela Ágatha, siendo muy joven, tuvo una hija con otro hombre antes de conocer a tu abuelo Nicolás.

—Esa hija eres tú, ¿verdad?

—Sí, Alan. Soy yo. Aquel hombre, mi verdadero padre, abandonó a tu abuela cuando apenas yo tenía tres meses de nacida.

—No entiendo, ¿por qué los abandonó?

—Tu verdadero abuelo fue un hombre bueno. Había enviudado en aquel entonces. Era muy apegado a las leyes de Dios.

—Pero, si era un hombre de Dios, ¿por qué huyó?

—¡Huyó de tu abuela Ágatha!

—No termino de entenderte.

—Ella no es lo que todos creen, Alan —susurró mientras sus ojos se movían con rapidez—. Tu abuela ha hecho mucho daño.

—No sé por qué dices esas cosas de la abuela.

—Hijo, tu abuelo, mi verdadero padre... fue... Germán Salas. El de tus historias. Tu abuela me obligó a negar todo lo que te ocurrió en El Guayacal.

—Entonces, mi abuela Ágatha, siempre supo que mi relato fue verdad.

—Sí, Alan. Todo lo que viste en aquella cabaña fue real.

—Y Anayka y Peter, ¿por qué lo negaron?

En ese instante, una sombra se levantó del suelo, interrumpiendo la reveladora confesión. Alan se refugió en los brazos de su madre.

—¿Qué ocurre, mamá?

—¡Ella sabe que estás aquí!

—¿De quién hablas?

—De tu abuela, hijo, ¡de Ágatha! .

Aquel espectro oscuro se movía de un lado a otro dentro de la habitación.

—¡Dime, mamá! ¿Quién es mi abuela Ágatha realmente?

—¡Es una bruja! ¡Tu abuela Ágatha es una servidora del demonio! —gritó manteniéndose sobre la cama—. ¡Por eso nunca les contó la verdadera historia de El Guayacal!

La sorpresiva aparición giraba alrededor de ambos, dando pavorosos zumbidos sobre sus cabezas.

—Enviaste a tus centinelas para silenciar mi voz, ¿verdad, madre? No me importa lo que hagas, ya no te tengo miedo.

La cama empezó a estremecerse. Los ojos de Dorothy se entintaban de negro, como el alma de los impuros. Su cuerpo convulsionaba mientras la sombra se introducía a través de su boca.

Alan corrió hasta la puerta dando gritos en busca de ayuda. Todo el personal del hospital corrió por los pasillos hasta llegar a la habitación.

—¡Qué ocurrió con tu madre, Alan? —consultó alterada la auxiliar mientras veía el cuerpo de Dorothy sacudirse sobre la cama.

—No sé. ¡Un demonio entró al cuarto y atacó a mi mamá!

—¡¿Qué dices?! ¡Jamás debí dejar que entraras a ver a tu madre! ¡Necesito ayuda, por favor!

—¡Alan, ven conmigo!

Aquel grito era el de su tía Elba, mientras lo tomaba del brazo para sacarlo del cuarto. Lo llevaba casi a arrastras hasta la sala de espera.

—¡¿Qué rayos hiciste?!

—¡No sé! ¡Solo vi una sombra entrar a la habitación y se apoderó de mi madre! ¡Los envió la abuela Ágatha! ¡Ella es una bruja!

Su tía le volteó la cara de una cachetada.

—¡Cállate y deja de decir estupideces! ¡Tú y tus malditos demonios que tienes en tu cabeza me tienen harta! ¡Qué mierda le hiciste a tu madre! —continuó gritando mientras lo zarandeaba.

—¡La sombra negra quiso matarla porque me reveló quién soy!

—¿Quieres que te diga quién coño eres? ¡Eres un maldito enfermo mental! Le prometí a tu madre cuidar de ti, pero no puedo con esto. Te llevaré a donde siempre debiste estar.

—¡No tía Elba, por favor! ¡No estoy loco! ¿A dónde me llevarás?

Mientras suplicaba, Alan logró ver a Peter y a Anayka detrás de su tía. Sus primos estaban envueltos por el pánico.

—¡Anayka, Peter, digan la verdad! ¡No estoy loco! ¡Hay demonios por todos lados! ¡Hipólita mató a los Villaverde! ¡Su espíritu vive dentro de la muñeca de Ñeca! ¡La sombra negra quiere matar a mi mamá! ¡Nooo estoyyy locoooo!

Dos oficiales de seguridad del hospital lo sostuvieron por los brazos. Trataban de no lastimarlo. Uno de los doctores logró inyectarle un calmante. En minutos quedó abatido sobre el suelo.

Varias horas después.

—¡Alan Sambrano! ¡Me escuchas, muchacho!

El pequeño abrió sus ojos con dificultad. Parpadeó tratando de esquivar la fuerte luz de la linterna que estaba frente a él. Se hallaba dentro de un cuarto casi en penumbras.

—¿Dónde estoy? ¿Y quién es usted? —preguntó mientras visualizaba un hombre con un traje de policía.

—¿No me recuerdas?

—No puedo ver bien, esa luz me encandila.

—¿Te acuerdas que te dije que si hablabas de la maldita muñeca y la muertita de Hipólita te íbamos a encerrar en un hospital de loquitos?

—¡Oficial Molina!

—Bienvenido Alan Sambrano, este será tu hogar por mucho tiempo.

—¿Qué hago aquí? ¿Dónde está mi tía Elba?

—Pues, ella fue la que te trajo. Tal parece que nadie quiere encargarse de ti. Únicamente este lugar.

—¡Mi mamá! ¡Ella está en el hospital! Cuando se recupere, ¡vendrá por mí!

En ese momento, un joven obeso, de unos treinta años entraba en el sitio donde se encuentra Alan.

—¿Tu madre, dices? Ella está casi como un vegetal. No habla, no se mueve. ¡Todo por tu culpa! Creo que nadie vendrá por ti muchacho.

—¿Quién es usted?

—Soy el nuevo director de este centro para locos como tú. Me puedes decir señor Margallón. Seré como un padre para ti en este lugar. El padre que nunca tuviste Alan Sambrano.

Confinado a permanecer en una habitación húmeda, oscura y muy apartada de las otras, el pequeño Alan quedaba a merced de una institución de jóvenes con trastornos mentales en la ciudad de Marciagas. Su vida de encierro y soledad iniciaba ahora.

14
INFIERNO

El Guayacal
Viernes Santo, año 2000

La medianoche los sorprendió tratando de encontrar el refugio que por meses sirvió como escondite de Alan Sambrano.

Kelso y Peter pasaron horas caminando por trillos equivocados, que los conducían a un mismo lugar.

Era como si el bosque jugueteara con ambos tratando de desorientarlos.

Todo parecía cobrar vida en aquel arbolado lugar. Las hojas cuchicheaban entre sí. Troncos huecos que yacían dormidos sobre el suelo, ocultaban en sus entrañas toda clase de seres misteriosos esperando la hora de dar el zarpazo. Un ejército de monumentales bambúes, que reproducían un silbido escalofriante al escabullirse el viento a través de ellos, despertaba en Peter el mismo miedo que había sentido hacía veintisiete años.

—¿Escucha ese sonido, señor Pedro? —preguntó Kelso Braca tratando de ver, con su linterna, la espesura.

—Sí. Es como si una presencia invisible se escondiera en algún rincón de este bosque.

—Es la naturaleza misma que activó sus alarmas dando aviso de nuestra llegada.

—¿Aviso? —sonrió Peter—. ¿A quiénes?

—A los huéspedes que han descansado los últimos mil años en este lugar, advirtiéndoles que ya llegó la medianoche. Es Viernes Santo.

—Tenemos que encontrar, cuanto antes, la cabaña donde está Alan.

—Sé que estamos cerca. Pero tengo el presentimiento de que algo nos impide que lleguemos.

Kelso se percató de que Peter estaba seducido observando dos gigantescos árboles frente a él. La luz de su linterna no lograba abarcar la corpulencia de ambos.

—¿Vio algo, señor?

—Hemos llegado Kelso. Estos árboles los recuerdo. Aquella es la entrada a la cabaña de la anciana. El lugar donde buscamos a Alan el día que fue llevado al psiquiátrico por segunda vez.

—¿Por segunda vez?

—Sí. Cuando Alan tenía doce años empezó a enfermar de la mente. Mi madre lo internó. Fue lo mejor para él. Luego de algunos años, parecía haber recobrado su cordura. Pedimos que fuera dado de alta. Pero años después, volvió a perder el juicio. Y fue ingresado nuevamente.

—Si logramos encontrarlo, su primo podrá explicar muchas cosas que lo llevaron a escaparse.

—Eso espero. Vamos.

Los dos avanzaban con gran cautela. A medida que se acercaban, se bosquejaba detrás de unos arbustos, la abandonada cabaña.

—Esta es. No hay duda. La chimenea que sale del techo, la escalera de madera podrida…

—¿Y este apestoso olor a muerto también? —preguntó Kelso cubriéndose la nariz y su boca.

—Sí. El apestoso olor de la anciana —recordó—. Lo recalcaba mucho Alan en el diario.

—El aroma de la muerte. Así lo describen nuestros antepasados.

Subieron la escalera rancia y quebradiza. Se dieron cuenta de que la puerta estaba abierta. Al colarse a través de ella, algo saltó sobre Peter que lo hizo despojarse de su camisa de forma apresurada.

—¡Kelso! ¡Algo camina sobre mi espalda!

Peter dio gritos tratando de sacudirse de su espalda aquello que transitaba por debajo de su nuca.

—¿Qué es, Kelso? ¡Quítamelo!

—No se mueva —ordenó el nativo iluminando la espalda de Peter, para luego removerlo a la amenaza con un machete.

—Solo una araña, señor. Creo que debe controlar sus nervios.

—Disculpa. Es algo imposible de dominar. El miedo forma parte de mí. Nunca pude ser como Alan y Anayka.

—El miedo no es algo que debe avergonzarnos. Muchas veces funciona como una forma de defensa. Nos mantiene alertas ante el peligro.

—No creo que tus palabras me ayuden de algo ahora. Mejor sigamos.

El interior de la cabaña se mantenía tal cual estaba descrita en el diario: una herrumbrosa mesa al pie del ventanal mugriento, y un antiguo baúl. Todo estaba en su sitio. Menos dos cosas…

—La mecedora… ¿Dónde está la mecedora de la anciana? ¡Y la lámpara sobre la mesa! —se consultó Peter, apuntando su linterna por todos lados—. ¡Alan! ¡Alan, soy yo, Peter!

—¿Está loco? —susurró Kelso—. No grite. Nadie tiene que saber que su primo está aquí.

—Tienes razón, disculpa. Tengo que pensar como él, para saber dónde puede estar esa entrada. Ayúdame Alan, ayúdame a encontrarla —consultaba en voz alta con los ojos cerrados y sus manos sobre la cabeza.

—Piense, señor, qué fue lo que llamó más la atención de su primo en esta cabaña. Debió haberlo escrito en el diario.

—Eso es lo que quiero recordar.

Ambos al unísono, voltearon sus cabezas hacia el viejo baúl.

—El baúl… ¡El baúl!

Sin pensarlo dos veces, se aproximaron al enorme cajón.

Alan vio que la cerradura estaba sin seguro. Se mantuvo pensativo unos segundos antes de abrirlo.

—¿Ocurre algo, señor?

El nativo no logró interpretar la repentina actitud de Peter.

—Dentro de este baúl, Alan encontró una vez… la cabeza del padre Paco.

—¿Quiere que lo abra por usted?

—No. Tengo que superar mis temores. No puedo seguir viviendo con ellos.

Peter levantó, de manera gradual la pesada cubierta de madera. El ensordecedor chirrido que expulsaban las bisagras oxidadas lo obligó a detenerse.

—Vamos, señor, no tenemos tiempo. ¡Ábralo ya!

Peter lo abrió totalmente. Para su sorpresa, estaba vacío.

—Creo que hubo un error en mi corazonada —dijo, sonriendo.

—Un momento, señor.

Kelso introdujo su mano dentro del baúl y dio unos golpes sobre el fondo.

—¿Qué estás haciendo?

—Los navegantes ocultaban pasadizos secretos en sus barcos, debajo de los inmensos baúles con oro.

Luego de insistir, escuchó un sonido hueco. Al presionar un poco la base inferior de madera se abrió, dejando ver una compuerta secreta. Cuando dirigieron la luz de sus linternas hacia el fondo, lograron ver una escalera de madera que llegaba hasta un sótano.

—Tenías razón, encontramos a Alan.

—Todo indica que sí. Vamos, tenemos que entrar.

Peter, seguido por Kelso, bajó por el angosto espacio de la entrada oculta, pisando escalones crepitantes. Un penetrante olor a humedad impregnaba el sombrío albergue.

Cada esquina del sótano estaba ataviada de cortinas delicadamente bordadas por las arañas. Aterradores instrumentos punzantes que eran utilizados para el arado, bamboleaban muy cerca de sus rostros. Los azadones y las guadañas colgaban del estribo de madera de la guarida subterránea, semejando garras que trataban de cercenar sus cuellos.

—Tenga cuidado, señor Pedro, hay muchos pedazos de fierros viejos por todos lados.

—Alan, ¿estás aquí? —susurró Peter tropezando con todo lo encontraba a su paso—. Soy Peter, tu primo.

Alguien detrás de una columna de madera encendió una lámpara de kerosene con un cerillo. Notaron, además, el vaivén de una mecedora.

—¿Eres tú, Alan? —preguntó Peter con la voz entrecortada.

—Te he estado esperando, Peter. Sabía que vendrías a buscarme —se escuchó una voz, la de Alan Sambrano, balanceándose sobre la vieja silla, sosteniendo en sus brazos, el inseparable gato negro de doña Cheba.

Peter corrió hacia él, cubriéndolo con sus brazos. La emoción de ambos logró tocar el alma del nativo Kelso, quien sonrió al ver el esperado encuentro.

—¡Sabía que estabas vivo, Alan! La sangre llama.

—El diario fue tu guía. Siempre supe que tú me ibas a creer.

—Algo me decía que tú no estabas loco. Ahora me doy cuenta de que todo es verdad. El padre Peregrino me contó algunas cosas que aún no termino de entender.

—Ya lo entenderás Peter. ¿Y Anayka? ¿No vino contigo?

—Ella desapareció en una forma muy extraña camino a El Guayacal.

—En el camino prohibido, ¿verdad?

—¿Cómo lo sabe, señor Alan? —preguntó Kelso, atónito ante la rápida respuesta.

Alan frunció el ceño al darse cuenta de que su primo no venía solo. Su rostro mostraba cierta desconfianza por la presencia del nativo.

—¿Quién es tu amigo, Peter?

—Es de fiar. Kelso nos ayudó a llegar hasta El Guayacal.

—Perdone, Kelso. Es que hay muchas personas que desean verme muerto. Por eso nadie puede saber que estoy aquí.

—No se preocupe, sé de qué habla.

—Tenemos que encontrar a Anayka, Alan. No hay mucho tiempo. Ya es medianoche. El padre Peregrino me dijo que tú sabías dónde estaba.

—Primero hay algo que tienes que saber de ella.

Peter guardó silencio.

—Anayka no es la mujer que todos piensan. Ella y nuestra abuela Ágatha nos engañaron. Tu hermana es cómplice de todo lo que me ha ocurrido.

—Pero, ¿por qué lo dices?

—La abuela Ágatha era bruja. Y Anayka…

—¿Qué? ¿Lo es también? No era eso lo que esperaba escuchar Alan. No puedo creer lo que me dices. Suena descabellado.

—Peter, hay una forma de demostrártelo.

—¿Cómo? ¿Tienes otro de tus diarios ocultos?

Alan levantó al gato que sostenía en sus manos y se lo mostró a Peter.

—¿Quieres ver todo? ¿Así como yo lo hice para conocer la historia de este pueblo?

—¿De qué hablas?

—Verás la verdad de lo que te digo, a través de los ojos de este gato.

—Como le dije una vez, señor Pedro, *"los ojos de los gatos, nunca mienten"* —intervino Kelso.

No muy convencido por la propuesta de ambos, Peter accedió finalmente.

—¿Qué tengo que hacer?

—Haz lo que hice yo hace veintisiete años. Mira fijamente los ojos del gato y verás la verdad ante ti. Concéntrate.

Peter introdujo su mente a través de los amarillentos ojos del felino. En segundos, se desligó de sus temores y dudas, e hizo un viaje inmediato al pasado. Las pupilas del animal, se convirtieron en una máquina del tiempo.

—¿Qué ves, Peter?

—A todos juntos desayunando en casa de la abuela Ágatha.

—¿Recuerdas ese día? Fue la mañana que partí en busca de la misteriosa anciana.

—Sí, lo recuerdo. Puedo sentir el rico aroma del chocolate caliente que nos preparaba la abuela.

—¿Te das cuenta que por mi apuro de salir no tomé el mío?

—Sí, es increíble. Puedo verlo todo. Anayka tampoco tomó el suyo.

—Tú fuiste el único que bebió su chocolate esa mañana. Por eso fuiste el único de nosotros que no recuerda nada de lo que ocurrió en esa cabaña.

—¿Y por qué la abuela Ágatha quiso que olvidara todo?

—Ella sabía que esa mañana yo saldría a buscar a la mujer en el bosque. Anayka le había contado todo. Le advirtió de todos mis planes. Así que trató de darnos ese brebaje maligno para que perdiéramos la memoria. Ella temía que Cheba nos contara la verdadera historia de este lugar. Ambas eran brujas rivales y sabían quién era yo. Conocían el poder que hay en mí.

—Y Anayka, ¿por qué no dijo nada? —preguntó Peter mientras cada incidente ocurría frente a sus ojos.

—Ella le contó a la abuela todo lo ocurrido en la cabaña. Mientras que tú ya habías perdido tus recuerdos. La abuela Ágatha le pidió a Anayka guardar el secreto y la obligó a negar toda mi historia y así hacer creer que yo estaba loco.

—Pero, ¿qué gana mi hermana con todo esto? ¿Cuál es su intención al seguir manteniendo esta mentira?

—Sacrificar su cuerpo para ser poseído por el espíritu de Hipólita Carvelo, y ser la líder de la nueva orden de mensajeros del infierno. Anayka lleva en su sangre el ADN maligno de la abuela. Mientras que yo llevo el de Verceo. Soy nieto de Germán Salas, Peter. Por eso quieren acabar conmigo. Soy el que mantiene la esperanza de los que aún tienen fe. Mi madre me lo confesó.

—¡Ya basta! ¡No quiero ver más!

Peter logró romper la conexión entre los ojos del gato y los suyos. Su mente no pudo soportar tantas revelaciones a la vez. Compungido, se haló de los cabellos tratando de digerir todo el bombardeo de información que le había sido ocultada por tantos años. Ahora sentía que el que estaba volviéndose loco era él.

—Cómo no pude entender lo que el padre Peregrino Collado trataba de decirme. Él me dijo que El Guayacal tiene esperanzas en ti. Pero lo que aún no me entra en la cabeza, es lo de mi hermana.

—Peter, Anayka no desapareció en el "sendero prohibido". Trata de llegar al lugar donde fue enterrada Hipólita. Ella tiene la muñeca de Ñeca. La robó de la casa de Los Villaverde. Antes de que Esther fuera poseída y se ahorcara en su habitación, me confesó que una niña la visitaba en su ventana. Era ella, Anayka.

—¿Qué ocurrirá ahora?

—Cuando se cumpla lo profetizado por *los guay-yakis*, Hipólita podrá perpetuar su poder dentro del cuerpo de Anayka. Hipólita será inmortal. Solo podrá cumplirse esta profecía en el lugar donde fue sepultada hace setenta años.

—¿Cómo pudiste enterarte de todo?

—A través de los ojos de este gato, Peter. Cheba me lo entregó para que fuera mis ojos y pudiera ver el pasado de El Guayacal. Incluso el nuestro.

—Entonces, ¿qué hacemos aquí? Vayamos a buscar a Anayka. ¿Aún estamos a tiempo de salvarla?

—Únicamente lo podemos lograr si ella se arrepiente y acepta a Dios en su corazón. De otra forma, tendría que acabar con ella.

—Eso no ocurrirá de ninguna manera. No tenemos mucho tiempo. Debemos llegar a ese cementerio.

—Atrás tengo dos caballos que me dio el padre Peregrino. Peter, tú vas conmigo y Kelso, te vas en el otro.

Los tres salieron de la cabaña, ensillaron los corceles y salieron. Se dirigieron a todo galope hacia el abandonado cementerio. Alan y Kelso conocían muy bien el camino.

—¡Ya estamos cerca! —gritó Kelso mientras azotaba a su caballo para acelerar el trote.

Alan logró esquivar un tronco que interrumpía su trayecto. El brusco movimiento lo hizo perder el equilibrio. Ambos cayeron sobre el suelo fangoso. Peter logró mantener la rienda del caballo para que no escapara. Debajo de la suela de sus botas, sintió una placa de metal. Era un letrero oxidado.

—Bienvenidos… a El Guayacal —leyó Peter.

—¿Ocurre algo?

—He tenido esta visión en muchas de mis pesadillas. Empiezo a entender que hay algo que me ata a este lugar también.

—¿De qué hablas?

—¡Allí está la entrada del cementerio! —interrumpió Kelso indicando, ante sus ojos, el lóbrego camposanto.

Alan, Peter y Kelso entraron al tenebroso y antiguo hostal de los muertos. Muchas de las tumbas habían sido profanadas y en otras los cuerpos fueron removidos a otros cementerios por la maldición que recaía en el lugar.

—¿Sabes dónde se encuentra la tumba, Alan?

—Casi no recuerdo. Todo esto está tan diferente a como me lo mostró doña Cheba hace veintisiete años.

De pronto un gemido, que provenía del final de una hilera de cruces retorcidas, despertó la atención de los tres. Kelso fue el primero en dar unos pasos hacia adelante con su linterna en la mano.

—¿Ve algo, Kelso? —interpeló Alan.

—Nada. Lo más probable es que hayan sido unos coyotes, o quizás un…

—¿Qué pasa? ¿Por qué te quedaste mudo?

Peter vio cómo palidecían los labios del nativo. Los ojos de Kelso parecían querer escapar de sus cuencas.

—¡Detrás de ustedes! ¡Ella… está… detrás de ustedes!

Los dos primos voltearon de inmediato. No podían creer lo que estaba ante ellos.

—¡Es la mujer del manto! —gritó desesperado Peter mientras retrocedía.

La mujer se despojó de su renegrida capa, como si se desnudara ante la noche. Era Anayka, cuyos ojos oscuros y plagados de perversidad observaban a los tres intrusos del cementerio. Su cuerpo retorcido como un árbol estéril en medio del desierto, hacía movimientos amenazantes mientras avanzaba hacia ellos.

—¿Quién los autorizó para que entraran a mis dominios? —preguntó Anayka con una voz de ultratumba.

En sus manos, sostenía la desaliñada muñeca de Ñeca. Su apariencia diabólica era capaz de hacer temblar a los hombres más osados y valientes del universo. De su boca brotaba una espesa baba blancuzca y pestilente que podía olfatearse a metros de distancia. Detrás de aquella piel desgajada, y de pupilas ennegrecidas de maldad, podía verse atrapada el espíritu de Hipólita Carvelo Santos.

Los intrusos retrocedían a la vez que ella daba un paso hacia adelante.

—¡Anayka! —gritó Peter

—¡No te le acerques! —le advirtió Alan—. Anayka te usó para que me encontraras y así, al tomar el poder de Hipólita, pudiera acabar conmigo y la cruz de Verceo.

—¡Ya es tarde para eso, Alan! Ya estoy dentro del cuerpo de Anayka.

—¡Mientes! Ella está a tiempo de deshacerse de tu alma maldita. ¡Anayka! No te condenes a vivir en el mundo de las tinieblas. Fuiste engañada. No dejes que la ambición de poder te ciegue. Eres diferente a Hipólita. Ella jamás aceptó al Señor. Pero tú sí puedes hacerlo. ¡Acéptalo y arroja de tus entrañas ese espíritu infernal!

—¿Quién te crees, Alan Sambrano? ¿El padre Peregrino, acaso? —indagó de forma sarcástica el ente maligno—. No me hables con tus palabritas de pastor de segunda clase. Sé quién eres… y el poder que posees. Si me matas a mí… ¡matas a Anayka! ¿Eso es lo que quieres?

—Anayka, rechaza la oscuridad que hay dentro de ti. ¡Es la única forma de que salves tu vida! —insistió Alan.

—¿Quieres que Alan mate a tu hermana, Peter? —le hablaba con mordacidad.

—No la escuches Peter. Ella quiere confundirte. Nunca confíes en la hija de un demonio.

Peter sacó el arma que ocultaba en la parte trasera de su pantalón. Apuntó el cañón hacia la cabeza de su primo Alan. Sus manos temblaban mientras la sostenía.

—¿Qué rayos haces con esa pistola, Peter?

—¡Cállate ya, Alan! Sé lo que hago.

—No cometas una locura.

—Tú fuiste el culpable de todo esto. ¡Arrodíllate!

—¿De qué hablas? Tú lo viste todo en los ojos del gato.

—¡Suelte el arma, señor Pedro! Lo que hace es producto de la confusión que hay en su mente —dijo Kelso tratando de persuadirlo.

—¡Mátalo y quítale la cruz! —gritó con furia el ser infernal—. Aprieta ese gatillo. ¡Alan debe morir! ¡Tú eres uno de los nuestros, Peter! Esa es tu misión. ¡Viniste para acabar con él!

—¡No lo hagas, Peter! No eres uno de ellos —suplicaba Alan, arrodillado sobre el suelo.

Peter mantenía el cañón del arma a ras de la nuca de su primo.

—*Hermano, ¿me escuchas?* —la voz de Anayka salía a través de los labios del perverso engendro—. *Soy Anayka. No dejes que Alan me haga daño. Él está loco, Peter.*

—¡No la escuches Peter! ¡La que habla es Hipólita, no Anayka!

El dedo que rozaba el gatillo, temblaba como si no estuviera fuera de control; el sudor caía dentro los ojos de Peter, haciéndolo parpadear continuamente.

—¡Lo siento, Alan, que Dios me perdone pero tengo que hacerlo!

Los ojos de Alan se cerraron en espera del tiro de gracia sobre su cabeza.

¡¡Bang! ¡Bang!!

Peter hizo dos disparos dirigiendo su arma al cuerpo de Anayka. La entidad demoníaca se mantuvo en pie, a pesar de que las balas le habían perforado su pecho.

—¡Qué idiota eres, Peter! —retornó el tono pérfido de Hipólita en el cuerpo de Anayka—. ¡Qué poco conoces del poder del infierno! ¿Acaso pensaste hacerme daño con tu juguete?

Dos tiros más salieron del cilindro del arma, agujereando el abdomen del cuerpo maldito.

—No insistas, Peter. Los heraldos del infierno son inmunes a las armas de los mortales —afirmó Alan, levantándose del suelo.

—¡Sigues siendo un cobarde, Peter! ¡Jamás has sido un hombre! ¡Eres un marica! —gritó Anayka aproximándose a Peter—. No mereces vivir. Ni una gota de sangre de Ágatha parece correr por tus venas. ¡Muérete!

Anayka lo lanzó contra el suelo. Su fuerza diabólica le permitía levantar una pesada roca sobre la cabeza de Peter, indefenso sobre el terreno.

—¡Pídele a tu Dios, que te salve de esta!

—¡No! ¡Mejor pídele a tu padre Lavernus que te salve de mí!—dijo Alan, mientras clavaba sobre la espalda de Anayka la destellante cruz de Verceo.

Siguió haciéndolo, una y otra vez para estar seguro de que el crucifijo alcanzaba el alma de la maligna mujer.

El espíritu de Hipólita se debilitaba lentamente. Supuraba un líquido pestilente por en forma incesante por las profundas heridas. El pus viscoso y negro como su alma, se diseminaba sobre la tierra sepulcral contaminándola.

Mientras el cuerpo de Anayka desfallecía en los brazos de Peter, el rostro luciferino desaparecía. El alma condenada de Hipólita que se había alojado en ella, la abandonó como un tornado evaporándose en el aire.

—Perdóname... Peter —masculló agonizando—. No culpes a Alan de mi muerte... él cumplió con su misión.

—¡Hermana, no te dejes morir! ¡Alan, no dejes que se vaya Anayka! —clamó Peter, con sus ojos inundados de lágrimas.

—No puedo hacer nada por ella. Solo Dios la podrá recibir en el Reino de los Cielos, si lo acepta como su Salvador. El corazón de Anayka está manchado por el mal.

—Acepta a Dios, hermana. Él es misericordioso. Arrepiéntete ante Él. Hazlo, aunque sea tu última voluntad.

—Peter, ya mi abuela Ágatha... no podrá torturarme más en mis pesadillas... ella me obligó a venir a El Guayacal... a buscar a Alan... para destruir la cruz de Verceo.

—Lo sé todo. Alan me confesó quién era realmente la abuela Ágatha. Tú fuiste víctima de sus planes perversos.

—Debo morir, hermano... Así debe terminar mi oscura vida... Así debemos acabar los mensajeros de Satanás... al fin pude enfrentar los fantasmas de mi pasado... y tú encontraste las respuestas de tu presente.

—Anayka, solo pídele perdón a Dios y acéptalo en tu corazón. ¡Él te salvará! —exclamó Alan mientras le juntaba sus manos—. *"Yo soy resurrección y la vida... el que cree en mí vivirá aunque muera... y todo el que vive y cree en mí... no morirá jamás... dijo Jesús..."*

—Señor... perdóname mis pecados... y...

Anayka hizo una pausa, resistiéndose al dolor y continuó.

—Te acepto Dios...

—¡Dilo Anayka, dilo! —insistió Alan.

—Te acepto Dios... como mi único... Salvador...

—Tranquila hermana, ya Dios te ha perdonado —le susurró Peter al oído.

—Alan, hay... dos cruces más...

—Anayka, no entiendo qué quieres decirme.

—Búscalas, o la Sociedad de la Muerte lo hará...

—Hermana, ¿a qué te refieres, por Dios?

—Ellos… las buscan, las quieren... no dejes…

—Déjala descansar, Alan. Está muy débil —le dijo Peter, al ver que su hermana perdía aliento con cada palabra.

Kelso se acercó y se puso de cuclillas junto a la mujer.

—Déjela hablar, señor Pedro. Hay muchos secretos que ella ha guardado. Eso es lo que no la deja morir en paz. Es el momento de que se libere para poder partir. Déjela...

A pesar del dolor que sentía al verse impotente por salvar a su hermana, Peter aceptó lo sugerido por el nativo. Alan continuaba confuso ante las revelaciones de Anayka. Apoyó su rodilla sobre el suelo para escucharla mejor.

—¿De qué cruces hablas, Anayka?

—Mi colega Frederick…. Degallán y yo, investigamos… la autenticidad de la cruz de Verceo… Descubrimos que era real, pero eran tres… quedan dos en poder de otros elegidos en el mundo…

Tomó un poco de aire para poder continuar, pero le resultaba difícil hablar. Los brazos de Peter que la sostenían, seguían cubriéndose de sangre.

—Pertenezco a la *Sociedad de Muerte*… desde hace años. Pero nunca hablé sobre esas otras dos cruces. Quería destruirlas con mis propias manos, incluso a ti Alan.

—¿Por qué, Anayka? ¿Por qué?

—Por el poder… por obtener respeto. Sería la líder de la nueva *Orden del Mal*…

—Anayka…

—Busca las dos cruces. Si ellos saben que existen, moverán cielo y tierra para destruirlas… Frederick te puede ayudar… Una cruz de Verceo no es su iciente para derrotar a Lavernus… Su poder… es mayor que eso... La fuerza divina… de la espada de Badael… te… ayudará…

Sin lograr enunciar por completo sus últimas palabras, el cuerpo de Anayka desfalleció sobre los brazos de su hermano Peter. Sus ojos quedaron abiertos mirando hacia el cielo, como esperando las manos del Señor para ascenderla a su encuentro.

—¡Nooooo! ¡Anaykaaaa!

Los gritos de Peter bañaron con dolor aquel sombrío cementerio. Se mantuvo en silencio unos minutos mientras se balanceaba, arrullando en sus brazos el cadáver de Anayka.

—¡Fuego! ¡Fuego! —interrumpió Kelso al ver arder las montañas en El Guayacal.

—¡Dios! ¿Qué ocurre? —preguntó Peter colocando el cuerpo de su hermana sobre el suelo.

—¡Santa Bárbara de los Milagros! ¡Es un infierno!

Alan se persignó al ser testigo de lo que se había iniciado.

—¡Escrito está, señores! —exclamó Kelso.

En ese instante, un grito atronador que pareció provenir de las entrañas de la tierra, hizo estremecer a toda la región.

—¡Es Lavernus! —advirtió el nativo—. Viene a cobrar venganza por la muerte de su hija Hipólita. No descansará hasta encontrarnos.

—Tenemos que salir de aquí, el fuego se dirige hacia nosotros —dijo Alan, presintiendo que lo peor estaba por venir—. ¡Hay que ayudar a la gente del pueblo y al padre Peregrino!

—Ya es muy tarde, señor Alan —reconoció Kelso.

A lo lejos, se podían escuchar los gritos de angustia de los pueblerinos, rodeados por las llamas. El Guayacal se cubría de un siniestro humo negro. Los brazos de fuego se extendían por todos lados de forma vertiginosa. Era como si las fauces del infierno se hubiesen abierto para engullir a todo el pueblo en un solo bocado. El suelo se agrietaba dejando escapar la luz del averno a través de sus resquicios. Los afluentes del río Cabral se convertían en torrentes sanguíneos de lava ardiente. No existía forma de escapar de las voraces llamas. Ellos eran ahora tres prisioneros condenados a muerte.

—¡No entiendo cómo se propagó el incendio tan rápido! —exclamó Peter, mirando de un lado a otro.

—Es la sangre de Lavernus esparcida por todo El Guayacal —dijo Kelso—. La muerte de Hipólita avivó su odio.

—Tiene que haber una forma de salir de aquí. ¡El bote! —recordó Peter, desesperado por huir del sitio—. ¡Tenemos que llegar allá!

—No hay forma de salir de aquí, Peter. Tendré que enfrentarlo. Soy el ungido por Dios para luchar contra él.

—Su primo tiene razón, señor Alan. Es mejor que salgamos de aquí. No creo que sea buena idea arriesgarse a luchar contra Lavernus. Su poder es incalculable. Recuerde lo que dijo su prima. La cruz de Verceo no será suficiente para vencerlo.

—¡El poder de Dios no tiene límites, Kelso!

En ese instante, el calor recrudeció alrededor de los tres. Sentían como si el sol hubiera descendido para posarse sobre sus espaldas.

—¿Qué está ocurriendo? ¡No resisto este ardor en mi piel! ¡Siento que me quemo vivo! —gritó Peter agitando su camisa.

Alan cerró los ojos y extendió los brazos formando una cruz humana.

—Él está aquí. Lo presiento. Viene por mí.

Al abrir sus párpados nuevamente, el ángel más poderoso del infierno, Lavernus, estaba frente a él y sus compañeros.

Allí se encontraba el sicario infernal, de quien los antepasados guay-yakis habían predicho su regreso. Con su cuerpo enrojecido envuelto de oscura vileza, se mantenía en una postura desafiante. Sobre sus manos, circulaban aros de fuego que al agitarlas, formaban una larga estela de abrasadores látigos. Los enormes cuernos clavados sobre los lóbulos temporales de su cabeza, eran negros como el carbón en que iba convirtiéndose aquella tierra.

Alan sostenía la cruz por la empuñadura. Peter se hallaba pasmado ante la inesperada aparición del mensajero del infierno, mientras Kelso procuraba conservar la calma a pesar de su visible temor.

—¡Mataste a mi hija, Alan Sambrano!

La voz de Lavernus hacía estremecer el caldeado suelo. Era como escuchar la furia de los truenos en medio de una embravecida tempestad.

Alan se armó de valor y encaró al más ruin de los emisarios de Satanás.

—¡Sí, lo hice Lavernus! Acabé con la culpable de que en este pueblo retornara la oscuridad. ¡Tu hija merecía morir!

Lavernus mostró su enorme ira ante el desafío de Alan, moviendo una de sus manos y lanzando su enorme látigo de fuego para flagelar el pecho de Peter, quien cayó inconsciente en medio de un grito de dolor. Kelso se apresuró a socorrerlo. El súbito ataque le dejó una profunda herida sobre el torso.

—¿Por qué le haces daño a él y no a mí, maldito? ¡Sabes que puedo enfrentarte! ¡Yo no te temo!

—¡Es mejor que lo hagas, Alan Sambrano! ¡Ten mucho miedo de mí!

Lavernus caminaba alrededor de los tres, acorralándolos dentro de un círculo de fuego. Sus amenazantes y sombrías alas, las agitaba con tal fuerza que hacía levantar del suelo las ardientes rocas.

—"Si Dios está conmigo, quién contra mí" —afirmó el elegido mientras sostenía en sus manos la destellante cruz.

—¿Quieres probar el poder de tu Dios, contra el mío?

Los ojos de Lavernus resplandecían sobre su velado rostro. Volvía a agitar sus alas y manos, haciendo temblar cada rincón de El Guayacal. El sismo hacía que el cuerpo de Alan bamboleara de un lado a otro. Pero se mantenía erguido como todo un guerrero ante su adversario.

Columnas de lava ardiente emergían de las mismas entrañas del infierno. Los campos de El Guayacal, estaban chamuscados y cubiertos de arterias rojizas donde corría el magma luciferino.

—¡No desestimes mi poder, Alan! Pudiste matar a mi hija, pero no podrás con quien la engendró. ¡Mi poderío no se compara al de ella, y mucho menos al de Murgabia!

Lavernus se acercaba a Alan, a pesar de tener la cruz frente a él. El ángel del infierno lo amenazaba con sus manos cubiertas de llamas.

Kelso insistía en lograr despertar a Peter. Pero sus intentos eran en vano.

—Señor Alan, esto estaba escrito. No hay manera de cambiar las profecías. Ríndase ante él. Mire, la cruz de Verceo no le causa ningún daño. Tendremos que aceptar ser sus esclavos.

—¡Jamás! Prefiero morir antes que aceptar ser un servil de Satanás.

Lavernus aproximó su rostro al de Alan. Tal cercanía, provocaba laceraciones en la piel del ungido.

—¿Te quema, verdad Alan? Sabes que sobre tus venas también corre el linaje de mi padre Satán. Recuerda quién fue tu abuela Ágatha. Una vil bruja que no le importó sacrificar la vida de su propia sangre. Cuando mortales como ella nos venden sus almas, sus corazones se consumen y se oscurecen como la tierra que arde bajo tus pies.

La mudez invadió la lengua de Alan. Las llagas sobre su rostro empezaban a reventar como burbujas en su piel.

—¿Por qué callas? ¿Lo habías olvidado? Puedo controlar parte de ti. ¿No has escuchado que todos tienen un diablo adentro? Alan, te doy una oportunidad de vida. Te perdono la muerte de Hipólita si te unes a mí. Mira a tu alrededor, se cumplió la profecía. El mundo ahora es nuestro.

—¿Tuyo y de quién más? ¡Has quedado solo en este lugar!

—¿En verdad crees que has acabado con todos mi siervos? ¡Míralo con tus propios ojos!

En ese momento, cientos de cuerpos enterrados emergían de la profundidad de la tierra, cobrando vida. Sus pavorosos gemidos se propagaban alrededor de todo el cementerio. Alan y Kelso cubrían sus bocas evitando sentir el hedor a carne podrida que se disgregaba sobre el excomulgado lugar.

—¡Aquí están mis serviles vasallos, Alan! —le habló levantando su voz ante la presencia de sus soldados—. El Guayacal es el sitio que fue escogido para el Génesis del nuevo mundo ¡Esto es el Edén ahora! ¡Es tiempo de que el infierno salga de su oscuridad y retome el lugar que le pertenece!

—¡Le pertenece a Dios! ¡Supremo amo y señor de todo lo que existe!

—¡Nuestra era llegó… falso ungido de tu Dios!

Alan se arrodillaba y a la vez cerraba sus ojos con los brazos abiertos hacia el cielo. A su mente, llegaban los recuerdos del diario. Las súplicas de Verceo clamando por la ayuda de Dios antes de morir en su última batalla, le musitaban al oído.

—*¡Oh, Gran Rey del Cielo! No dejes que la maldad impere en estas tierras. ¡Envíame a tu soldado celestial como muestra de tu piedad y gran poder!*

Un rayo de luz partía el cielo en dos, abriéndole paso al Arcángel Badael quien descendía a toda velocidad como un relámpago.

Al tocar sus pies el suelo, los soldados de la muerte retrocedían, mostrando temor.

Kelso no podía creer lo que veía, y apenas logró exclamar:

—¡Arcángel Badael! Dios se apiada de nosotros.

El enviado de Dios movía sus alas con tal fuerza, que hacía volar por los aires a los serviles de Lavernus. En sus manos empuñaba su gran espada.

Alan recordó las últimas palabras que liberó Anayka antes de morir: *"La fuerza divina de la espada de Badael te ayudará"*.

De inmediato, Alan tomó su cruz y la unió a la relumbrante espada del Arcángel recargándola de un incalculable poder divino. El sagrado amuleto que tenía en sus manos refulgía con mayor intensidad, provocando que el fuego que los acordonaba se disipara al ser tocado por el barrido de luz.

El ángel del infierno se mantenía en pie, confundido por lo que acababa de presenciar. Sus serviles soldados se replegaban ante el poder que ejercía el instrumento divino, haciéndolos sumergirse bajo la tierra donde habían sido enterrados.

—¿Ahora te das cuenta de que no eres tan poderoso como pensabas? —preguntó Alan con hidalguía.

—Cuando se une la fuerza de Dios con la indestructible fe, no hay poder maligno que la pueda vencer —afirmó Badael.

—No alardees de tu suerte Arcángel. Nos vimos por última vez en la Batalla del Cielo. Yo era muy débil en aquel tiempo. Nos venciste junto a tu aliado San Miguel. Por lo visto siempre necesitas estar al lado de alguien para alcanzar tus victorias.

—Abandona este lugar y regresa a tu infierno. ¡Tu verdadera morada!

—Me iré, pero no al infierno. La profecía no se ha cumplido aún. Así está escrito. ¡Nuestra guerra apenas empieza!

Formando una enorme niebla oscura cargada de venganza, la maldad de Lavernus se esparcía cubriendo todo el cielo de El Guayacal.

—Eres valiente, Alan —dijo Badael poniendo su mano sobre el hombro del ungido—. Es admirable cómo tu fe te da la fortaleza para combatir las fuerzas malignas que quieren acabar contigo. Lo que Lavernus dijo, es verdad. Esta guerra apenas empieza.

—Mientras posea esta cruz, será imposible que puedan vencerme.

—No es tan fácil como cree, señor Alan. Recuerde lo que Anayka mencionó sobre *"La sociedad de la muerte"*. Si ellos se enteran de que existen las otras cruces, querrán destruirlas.

—Ellos no tienen por qué saberlo, Kelso. El secreto se mantendrá entre nosotros —aseveró Alan.

—Hay algo que deben saber de estas cruces —enfatizó el Arcángel.

Badael les habló de lo que representaban esas armas divinas para la humanidad y para los que deseaban exterminarlas. Reveló que simbolizan a los tres crucificados en el Calvario. Y que los clavos que les incrustaron sobre el madero, fueron fundidos por separado para crear las cruces. Dijo que tres monjes las conservaron por años y que cada una fue entregada por ellos a quienes poseyeran un don especial para darles protección, y Changüira Verceo fue uno de ellos. Además, les desveló otro secreto. Una de las cruces es más poderosa que las otras dos. Se refería a la que fue forjada con los clavos que llevaban la sangre de Cristo.

—Ahora tendrás que huir, Alan —habló Badael—. Tienes que encontrar ambas cruces y unirlas a la que posees. Así crearás el gran talismán sagrado", símbolo del poder absoluto de Dios, para vencer a la *Sociedad de la Muerte*. Ésa es tu misión ahora.

—Él no estará solo, Badael. Yo lucharé al lado de mi primo. La muerte de mi hermana no será en vano. Tendrán que pagar.

—No, Peter. La venganza no es algo que venga de Dios —le aconsejó el Arcángel, mientras le sanaba con su mano santa la profunda herida del pecho—. Esta lucha es para proteger a los que aún defienden su fe y entregan su vida por ella. Tu hermana Anayka ya está en los brazos del Señor, y no vale la pena que el odio destruya la bondad que hay dentro de ti.

—Yo también seré como un soldado para usted, señor Alan. Por mí corre sangre guerrera de *los guay-yakis*. Ellos murieron por su fe y yo seguiré defendiendo su legado.

Alan se llenaba de fuerzas al saber que su lucha tenía el respaldo de Peter y Kelso. Pero de igual manera, conocía que los riesgos de esta misión eran mucho más peligrosos.

—Tengo que irme. El cielo ya pide mi regreso. Estaremos cerca de ti. Esta es tu batalla ahora Alan. Ustedes también tienen que partir. Su búsqueda inicia ahora.

El Arcángel Badael cruzó los cielos dejando como siempre, una estela de paz y esperanza tras de sí.

El maullar de un gato irrumpió el silencio que mantenían los tres mientras veían la partida del mensajero del cielo.

—Sombra, ¡eres tú! —exclamó Alan tomando en brazos a su gato—. Gato travieso. Sabía que te cuidarías solo.

—Un momento, primo. ¿Se llama Sombra?

—Qué mejor nombre para un gato negro, ¿no crees? —sonrió.

—¡Escuchen! —alertó Kelso al oír la máquina de un tren—. Creo que proviene de la antigua estación.

—No entiendo qué ocurre. Ningún tren ha funcionado por años en ese lugar —indicó Peter.

—Quédate aquí. ¡Kelso acompáñame!

Alan y el nativo corrían a través de los arbustos que mantenían las cicatrices del voraz incendio. Al llegar a la vieja estación de la que había hablado Kelso, ambos vieron aproximarse parte de la locomotora que había reparado don Efraín. El colosal armatoste se detenía frente a ellos. Su conductor se asomaba por la ventana de la cabina.

—¡No puedo creerlo! ¡Don Efraín Montes! —exclamó Kelso al ver que el viejo mecánico logró devolver la vida al tren.

—¡Kelso, viejo amigo! Alan Sambrano. ¡Estás vivo!

Los abrazos de emoción no se hicieron esperar. El antiguo tren remolcaba dos vagones colmados de pueblerinos, sobrevivientes del fuego. Don Efraín fue un héroe para los habitantes de El Guayacal. Arriesgó su vida por entre los rieles oxidados con tal de salvarlos del infierno que azotó los campos y sus viviendas.

Una hora después, fueron rescatados por la patrulla aérea de Arreiras y Marciagas que localizó el sitio donde se encontraban los damnificados.

A través de los medios de comunicación, se informó que el siniestro que calcinó gran parte de El Guayacal se produjo por razones naturales, debido a la imprevista salida de magma de un volcán antiguo, que se creía apagado, pero no se investigó más sobre el hecho.

Días después, Peter enterró los restos de Anayka en el Cementerio Monumental de Marciagas. Alan, no pudo asistir debido a su condición de prófugo, y porque se trata de evitar que la Sociedad de la Muerte no conozca su paradero.

Tendrá que ocultarse por un largo tiempo hasta cumplir su misión.

Peter y Kelso declararon a las autoridades que Anayka murió por diversas heridas sufridas al intentar escapar del fuego. A su cuerpo no se le practicó la autopsia, en medio de la urgencia por ubicar e inhumar a las víctimas de la catástrofe, considerando además que su cuerpo no tenía heridas, pues luego del fallecimiento su cuerpo recobró su natural integridad. Por tal razón se echó tierra a la investigación del caso.

Los días consiguientes al incendio, las autoridades forestales con ayuda del Departamento de Policía de Arreiras, fueron encontrando muchos cuerpos carbonizados de pueblerinos dentro de la zona del desastre. Uno de esos cuerpos hallados, dentro de la iglesia Santa Bárbara de los Milagros, fue el del padre Peregrino Collado junto a varios feligreses, abrazados a la milagrosa imagen de la virgen tallada en madera, la cual no sufrió ningún daño.

El peregrinaje de los tres misioneros en busca de las dos cruces, estaba en marcha. Los tres tendrán que enfrentarse a un futuro incierto. No podrán confiar en nadie. Los entes del infierno, encubiertos en cuerpos humanos marcados con la cruz invertida en sus dorsos, estaban preparados para encontrar y destruir las cruces y a sus poseedores.

A doscientos kilómetros de la ciudad de Valcar, Peter conducía una camioneta sobre la extensa carretera que los llevará al lugar donde Frederick Alarcón los aguarda. Alan miraba a lo lejos a través de la ventana trasera, pensando en los nuevos retos que les esperaban. En sus manos sostenía un bolígrafo y un diario con hojas en blanco, tal vez para escribir a partir de ese día, una nueva experiencia aterradora a la que tendrá que enfrentarse muy pronto.

Mientras, en un bar en Arreiras, el obeso y calvo Margallón hacía una llamada desde su teléfono móvil.

—Mayor Molina, he recibido la orden del líder Supremo. Nuestro infiltrado nos acaba de dar una información reveladora. Es hora de que "*la Sociedad*" inicie la cacería…

Miguel Esteban González

Escritor panameño, locutor, publicista, presentador y productor de radio y televisión. Su elogiada trilogía, El Guayacal, forma parte de la Biblioteca Pública de New York, la Biblioteca del Congreso de los Estados Unidos en Washington y la Biblioteca del Instituto Ibero-Americano de Berlín.

Su obra El Asilo Santo, recibió el Premio Tristán Solarte por parte de la organización de Festival Panamá Negro como Mejor Novela Negra publicada en ese año. En el 2019 publicó Un Grito a la Medianoche y, al año siguiente, Historias cortas para pesadillas interminables. En 2022, publicó Flores para Madelaine.

Otras obras del escritor

www.ingramcontent.com/pod-product-compliance
Lightning Source LLC
LaVergne TN
LVHW091046150826
845673LV00002B/480

* 9 7 8 9 9 6 2 1 2 2 3 3 3 *